P. G. Zerrenna

Der Deutsche Schulfreund

Hand- und Lesebuch

P. G. Zerrenna

Der Deutsche Schulfreund
Hand- und Lesebuch

ISBN/EAN: 9783742892980

Hergestellt in Europa, USA, Kanada, Australien, Japan

Cover: Foto ©Andreas Hilbeck / pixelio.de

Manufactured and distributed by brebook publishing software (www.brebook.com)

P. G. Zerrenna

Der Deutsche Schulfreund

ꝛ
Der deutsche Schulfreund

ein

nützliches

Hand- und Lesebuch

für

Lehrer

in

Bürger- und Landschulen.

Herausgegeben

von

H. G. Zerrenner.

Zehntes Bändchen.

Erfurt, 1795.
bey Georg Adam Keyser.

Seiner

Hochwürden und Magnificenz

dem

Herrn

D. Johann Georg Rosenmüller

der Theologie ordentlichem zweitem Professor, des Hochstifts Meißen Capitular, des Consistorii Beisitzer, der Academie Decemvir, der Kirche zu St. Thomas Pastor, der Leipziger Diöces Superintendent, des montäglichen Predigercollegiums Präses.

Seiner

Wohlgeboren und Magnificenz

dem

Herrn

D. Carl Wilhelm Müller

Churfürstl. Sächsischem Geheimen Kriegsrath; des
Schöppenstuhls Beisitzer; ältestem Bürgermeister;
Vorsteher der Kirche und Schule zu St. Nicolai,
der Freischule und Rathsbibliothek.

zum

Zeichen

innigster Verehrung

gewidmet

von

dem Herausgeber.

Inhalt.

I. Ueber die besondere sittliche Vorbereitung künftiger Landschullehrer   S. 3

II. Versuch einer Geschichte der wahren katechetischen Lehrart.   16

III. Anfrage an erfahrne Schulmänner: wie lehrt man Landkinder auf die leichteste und sicherste Weise orthographisch schreiben?   24

IV. Noch ein Beitrag über die Erlernung der Orthographie in niedern Schulen.   33

V. Ein Mittel, wie man als Schullehrer auf dem Lande, durch Kinder auf die Erwachsenen wirken kann.   44

VI. Versuch einer Katechisation über die bürgerliche Freiheit.   57

VII. Schulneuigkeiten.   73

  1. Ausführliche Nachricht von der gegenwärtigen Einrichtung der Freischule in Leipzig. Michaelis 1794.   ebd.

   2. Am Johannisfest 1794. Betrachtung
      über den Sommer.   129
   3. Bei der Todesfeier einer Schülerin, den
      4ten May 1794.   149
   4. Rede, gehalten zum Gedächtnisse der ersten Schülerin, aus der ersten Mädchenklasse, Friederike Kirchhofin, den 4. May 1794.   165

VIII. Rezensionen.   172
   1. Christliche Religionsgesänge für die Freischule in Leipzig, 1794.   ebd.
   2. Auszug aus denjenigen Churfürstl. Sächsischen Landesgesetzen, welche den Unterthanen insbesondere zu wissen nöthig sind 2c.   180
   3. Katechetische Unterredungen über religiöse Gegenstände in der Freischule zu Leipzig 2c.   184

I.

Ueber die besondere sittliche Vorbereitung künftiger Landschullehrer.

Bey der Einführung des Herrn Seminarieninspektors *Kirchhof* zu Halberstadt, am 20sten October 1794. Vom Herrn Konsistorialrath und Oberdomprediger *Streithorst*.

Viele unserer Lehranstalten haben unter andern zwey sehr beträchtliche Fehler, die Ursach sind, daß der Zweck solcher Anstalten nur sehr unvollkommen erreicht wird. Sie versäumen nämlich entweder die moralische Bildung der jungen Leute ganz, und lassen es bey blos theoretischem Unterricht bewenden; oder, wenn sie sich ja mit der moralischen Bildung befassen, so nehmen sie wenig oder gar keine Rücksicht auf die besondere Bestimmung der Lernenden. Da das eigene Wohl und die Nützlichkeit des Menschen von seiner Moralität abhängt, so sollte auch die Lenkung, Leitung und Gewöhnung des jungen Menschen zum Guten, oder kurz, die Erziehung und sittliche Bildung überall mit dem Unterricht verbunden werden. Dennoch wird sie nicht selten in unsern Lehranstalten vermißt, manche derselben scheinen nur Wisser, nicht aber Thäter des Guten, bilden zu wollen, welches denn auch den Erfolg hat, daß die Schüler der Weisheit sich oft durch große Thorheiten und Unarten, nicht selten noch durch etwas mehr, auszeichnen. In manchen Schulen sucht man zwar Unterricht und Erziehung zu verbinden, aber die letzte bleibt zu sehr beim Allgemeinen stehen; man nimmt dabey entweder gar keine, oder zu wenig Rücksicht, auf die besondre Bestimmung der jungen Leute, welches doch durchaus zur Sache gehört. Wenn wir die verschiedenen Stände und Berufsarten der Menschen durchgehen, so finden wir, daß sich überall Eigenheiten und Besonderheiten auch in moralischer Hinsicht finden. Wer für diesen oder jenen besondern Stand, für diese oder jene besondre Lebensart, bestimmt ist, muß darauf auch besonders vorbereitet; d. i. es muß ihm diejenige Gemüthsstimmung gegeben, es müssen ihm diejenigen Fertigkeiten im Guten mitgetheilt werden, die sein besondrer Stand oder seine besondre Lebensart erfordert. Viele Leute passen nicht in ihr Fach, sie haben keine rechte Neigung zu ihren Berufsgeschäfften, sie wissen sich in ihren Stand nicht zu finden, sie stoßen überall an, wie der quadratförmige Stein, der eine zirkelförmige Oeffnung

aus-

ausfüllen soll. Das ist nicht zu verwundern, denn sie wurden nur für die Schule, aber nicht für das Leben, erzogen; sie wurden bei ihrer Erziehung gerade in Absicht ihrer vornehmsten moralischen Bedürfnisse versäumt und vernachläßigt. Einem solchen Uebel, daß nämlich der Mensch nicht in sein Fach paßt, kann nur durch eine, der besondern Bestimmung angemessene, Erziehung, vorgebeugt werden.

Es war bei Stiftung dieser Pflanzschule für künftige Landschullehrer, ein sehr glücklicher Gedanke, die Seminaristen der beständigen Aufsicht und Leitung ihres Lehrers zu untergeben. So wurde das Seminarium nicht nur eine Lehr-, sondern auch eine Erziehungs-Anstalt für künftige Landschullehrer, wo sie überhaupt, und besonders auf ihren künftigen Stand, vorbereitet werden können.

Ich bitte mir die Erlaubniß aus:
"Einige Bemerkungen über die besondere sittliche Vorbereitung künftiger Landschullehrer
vortragen zu dürfen. Durch die besondere sittliche Vorbereitung künftiger Landschullehrer versteh' ich die Beförderung einer solchen Gemüthsstimmung, und solcher sittlichen Fertigkeiten bei den Seminaristen, die zum eigenen Wohlbefinden und zum Nützlichwerden in einem Schulamte auf dem Lande durchaus unentbehrlich sind. Es kann sich jemand als

als Schullehrer in der Stadt sehr wohl befinden, und in seinem Wirkungskreise sehr nützlich seyn, der kein glücklicher Lehrer auf dem Lande seyn würde, weil er sich nicht aufs Land schickt. Wer z. E. an gewisse Nahrungsmittel gewöhnt ist, die man nur in der Stadt haben kann, wer nur für Umgang mit Leuten von seiner Lebensart gestimmt ist, wer Schmuck in der Kleidung liebt, und gern Pracht um sich her sieht, wer eigensinnig in Absicht seiner Wohnung ist; der schickt sich nicht auf das Land, weil er da viel vermissen würde, was er zu einem glücklichen Leben rechnet. Es giebt Unsittlichkeiten, Thorheiten und Ueppigkeiten, die mehr in den Städten, als auf dem Lande gefunden werden, die den Städten vorzüglich eigen sind, welche jeder Menschenfreund gern vertilgt sehen mögte. Wenn jemand, der mit diesen Unsittlichkeiten behaftet ist, auf das Land versetzet wird, so ist das nicht besser, als wenn eine wuchernde Giftpflanze unter gesunde Kräuter verpflanzet wird. Vor solchen moralischen Krankheiten muß also der künftige Landschullehrer, besonders bewahrt werden, damit das Uebel durch ihn nicht zuerst an solchen Orten verbreitet werde, welche bis dahin frei davon waren. Gesetzt aber auch, daß ein künftiger Landschullehrer davon frei wäre, aber Mangel an solchen guten Eigenschaften hätte, die sein künftiger Stand durchaus erfordert; so würde er sich weder für seine Person in demselben wohl befinden, noch so nützlich werden können,

als

als von ihm erwartet wird. Wenn er z. E. keinen Sinn für die unerkünstelten Freuden der Natur hätte, und sich nach städtischen Lustbarkeiten sehnte: so würde er gewiß viel üble Laune haben, und wenig Trieb, in seinem Wirkungskreise thätig zu seyn. Daß demnach eine besondere sittliche Vorbereitung künftiger Landschullehrer nöthig sey, wird wol nicht bezweifelt werden können *).

Ich sagte vorhin, daß diese besondere sittliche Vorbereitung darin bestehe, daß man eine solche Gemüthsstimmung, und solche sittliche Fertigkeiten, die zum eigenen Wohlbefinden und zum Nützlich werden in einem Schulamt auf dem Lande durchaus unentbehrlich sind, bei den Seminaristen zu befördern sucht.

Zufriedenheit und Frohsinn macht die glückliche Gemüthsstimmung aus, die der Landschullehrer haben muß, wenn er sich in seiner Lage wohl befinden und nützlich werden soll. Und was kann ihm diese glückliche Gemüthsstimmung geben und erhalten? Wenn er sich selbst zu beherrschen, seine Neigungen einzuschränken, seine Wünsche zu mäßigen,

*) Noch einleuchtender wird diese Nothwendigkeit, wenn man bedenkt, daß so viele Seminaristen nicht auf dem Lande, sondern in Städten geboren und erzogen sind. Der Vorschlag, alle Pflanzschulen künftiger Landschullehrer aufs Land zu verlegen, läßt sich gewiß hören.

A. d. H.

und das, was er nicht hat und haben kann, zu entbehren gelernt hat; wenn er die entbehrlichen Vorzüge der städtischen Verbindungen, die oft nichts mehr, als glänzendes Elend sind, auf dem Lande nicht vermißt; wenn er Geschmack an den reinen Freuden der Natur findet, und es zu schätzen weiß, daß er die Gaben der göttlichen Güte aus der ersten Hand empfängt; wenn ihm der unverkünstelte Mensch mehr gefällt, als derjenige, der sich von der Natur entfernt und verirret hat: wenn er das Gute liebt und schätzt, wo er's findet, und an Einfalt und Redlichkeit Wohlgefallen hat: so wird er gern auf dem Lande leben. Kennt er den Werth und die Nützlichkeit seines Amts, liebt er die heilsame und beglückende Wahrheit, und ist es ihm viel werth, dazu von der Vorsehung bestimmt zu seyn, die Erkenntniß der Wahrheit unter Menschen, die vor andern Empfänglichkeit dafür haben, zu ihrer Beglückung zu befördern: so wird er sich wegen seiner besondern Bestimmung in der Welt glücklich schätzen. Wenn man da, wo man seyn muß, gern ist, und Vorliebe für sein Amt und seinen Beruf hat, so hat das Gemüth die glückliche Stimmung, die wir Zufriedenheit und Frohsinn zu nennen pflegen. Der Lehrer und Erzieher künftiger Landschullehrer würde sich also bei der besondern sittlichen Vorbereitung derselben zum Zweck machen müssen, diese glückliche Gemüthsstimmung bei seinen Untergebenen zu befördern. Es ist nichts bessers,

sagt

agt ein Weiser der Vorwelt, denn daß ein Mensch fröhlich sey in seiner Arbeit, denn das ist sein Theil, das ist Glückseligkeit des Menschen, wie sie unterm Monde allein möglich und wünschenswürdig ist. Wer sich in seiner Lage wohl befindet, damit zufrieden und darüber vergnügt ist, der kann und wird seine Kräfte und erlangten Kenntnisse gehörig anwenden, wenn dagegen Unzufriedenheit und Mißmuth, verdrossen zur Arbeit, und zu jedem nützlichen Geschäfft unaufgelegt macht. Die Verzärtlung des Körpers; die mißverstandene Verfeinerung der Empfindungen, die man Empfindelei nennt; die Eitelkeit, die sich gern durch Schmuck auszeichnet; der Hang zu sinnlichen und erkünstelten Vergnügungen; die Sucht, es Andern zuvor, und Vornehmern es gleich thun zu wollen; der Neid, der keine Vorzüge neben sich und über sich ertragen kann: das sind Fehler, vor welchen künftige Landschullehrer besonders frei erhalten werden müssen, denn dadurch würden sie in eine sehr üble Gemüthsstimmung versetzt werden. Je mehr sie aber zur unverkünstelten Natur zurück- und dazu angeführt werden, ihre besten Freuden aus der reinsten Quelle zu schöpfen; je mehr sie angeleitet werden, die Weisheit zu lernen und zu üben, wahre und eingebildete, nöthige und entbehrliche Bedürfnisse zu unterscheiden, dabei das Gute ihrer künftigen Lage vest ins Auge zu fassen, und sich dadurch die Beschwerden derselben erträglich zu machen;

chen; je mehr sie ihr durch sich selbst Ehren- und Verdienstvolles Amt kennen, schätzen und lieben lernen: desto mehr wird ihnen alles das mitgetheilt, was ihnen für ihr künftiges Amt die glückliche Gemüthsstimmung geben kann, wobei sie sich selbst wohl befinden, und dann auch nützlich werden können.

Es giebt auch gewisse sittliche Fertigkeiten, die der Schullehrer auf dem Lande vor ändern haben muß, wenn er seine Bestimmung glücklich erfüllen will. Es versteht sich von selbst, daß künftige Landschullehrer überhaupt zu allem Guten gewöhnt, überhaupt in allem Guten geübt werden müssen, um eine Fertigkeit darin zu erhalten; denn sie sollen als Menschen und als Christen, diejenige Bestimmung erfüllen, die sie mit allen andern gemein haben. Es kann ihnen nicht genug empfohlen werden; was wahrhaftig ist, was ehrbar, was gerecht, was keusch, was lieblich, was wohl lautet, ist etwa eine Tugend, ist etwa ein Lob, dem denket, dem strebet nach. Aber sie haben auch ihre besondere Bestimmung in der Welt; die es nöthig macht, daß sie zu gewissen Arten des Guten, besonders geschickt sind, wenn sie sich in ihrer künftigen Lage wohl befinden, und in derselben nützlich werden sollen. Sie müssen Menschenfreunde werden in der ganzen und besten Bedeutung des Worts, Menschenfreunde, denen die Menschheit auch im gröbsten Gewande, und auf der niedrigsten Stufe

der

der gesellschaftlichen Verbindung, ehrwürdig ist, Menschenfreunde, denen das höhere Wohl ihrer Mitmenschen, heilig und theuer ist, und die zur Beförderung desselben, wenns nöthig ist, auch Ungemach und Beschwerde zu übernehmen, bereit und willig sind; die etwas von dem Sinn derer haben, die über weite Meere mit Lebensgefahr schiffen, und sich tausend Gefahren in einem fremden Erdtheil aussetzen, um der von Irrthum und Aberglauben niedergedrückten Menschheit den wohlthätigsten Dienst zu erweisen. Wer darf weniger ein Lohnknecht seyn, als derjenige, der in der Hand Gottes ein Werkzeug seyn soll, die Menschen weiser und besser zu machen? Wer nicht ohne zeitliche Vergeltung und Belohnung dazu mitwirken kann und will, wer bei seiner Arbeit immer die zeitlichen Vortheile berechnet, und die Arbeit nach dem Lohn einrichtet, der taugt nicht zu einem Lehrer. Künftige Landschullehrer müssen daher vom Eigennutz entwöhnt, und zu der Gemeinnützigkeit angeführt werden, die ihre Belohnung in sich selbst findet; denn ein solcher Lehrer befindet sich in einer Lage, wo er nicht darauf rechnen darf, daß es immer erkannt, gelobt und vergolten werden wird, was er zum Besten der ihm anvertrauten Jugend thut und vornimmt. Es ist ein alter aber gewiß sehr wahrer moralischer Grundsatz: Nicht das Amt muß den Mann, sondern der Mann muß das Amt ehren, das heißt: man muß seinen Werth nicht darein

setzen

setzen, daß man dieses oder jenes Amt hat, diese und jene Geschäffte verrichtet, die geachtet werden; sondern darin, daß man sein Amt auf die bestmöglichste Weise ausrichtet, und seine ganze Pflicht erfüllt. Wer diesen Grundsatz bei sich vest gestellt hat, der wird nicht glauben, daß er durch irgend ein Geschäfft, das zu seinem Amt gehört, entehrt werden könne, und wenn es auch ein blos mechanisches Geschäfft wäre. Er wird nichts für unwerth und seiner nicht würdig halten, wodurch er auf irgend eine Weise nützen, und seine, ihm obliegende Pflicht erfüllen kann. Der Schullehrer auf dem Lande hat außer dem Unterricht in der Schule, Obliegenheiten, die zu seinem Amt gehören, und die er mit Redlichkeit erfüllen muß, wenn er seinem ganzen Amte ein Gnüge thun will. Es hängt oft die Zufriedenheit der ganzen Gemeine mit ihm davon ab, daß er auch in diesen Dingen pünktlich ist. Wohl dem Landschullehrer, der bei Zeiten angewiesen ist, die mechanischen Geschäffte aus dem rechten Gesichtspunkt zu betrachten, und sie als einen Theil seines Amts anzusehen, das er in seinem ganzen Umfang mit aller Treue erfüllen soll. Er wird sich um so besser in seine Lage schicken, und andere um so zufriedener mit sich machen, welches ihm die Hauptsache nicht wenig erleichtern wird. Wer in der Welt Höhere über sich hat, denen er untergeordnet ist, muß nicht nach bloßer Willkühr handeln wollen, sondern sich Vorschriften gefallen lassen, und sich
nicht

nicht weigern, sie zu befolgen. Ohne das wird man in keinem Verhältniß des Lebens gehörig zurecht kommen. Auch der Landschullehrer muß sich als eine untergeordnete Person in seine Verhältnisse schicken, er muß nicht der erste seyn wollen, wenn er der zweite, oder dritte, oder der letzte ist; nicht Anordnungen machen wollen, wo er sich dem, was ihm vorgeschrieben wird, fügen muß; nicht eigenmächtig etwas abändern, wo andere mehr, als er, zu sagen, oder doch mitzusprechen haben. Wer eigensinnig ist, und immer nach Willkühr handeln will, kann sich unmöglich in irgend einem Verhältniß mit andern Menschen wohl befinden. Eben so wenig der Landschullehrer. Er wird bald mit denen zerfallen, deren Zufriedenheit und Liebe ihm in seiner Lage doch so unentbehrlich ist, und sein Amt wird auf alle Fälle darunter leiden. Die Gewöhnung zur Subordination, und Entwöhnung vom Eigendünkel und Stolz, gehört also mit zu der besondern sittlichen Vorbereitung künftiger Landschullehrer.

Ich kann diese Materie hier nicht erschöpfen, und lasse es daher bei dem Angeführten bewenden, welches hinreichend seyn wird, den Gegenstand ins Licht zu setzen, worauf ich bei dieser Gelegenheit, durch mancherlei Ursachen bewogen, gern aufmerksam machen wollte. Die besondere sittliche Vorbereitung künftiger Landschullehrer, ist ein Theil des wichtigen Amts eines Inspektors und Lehrers einer solchen Pflanzschule, als diejenige ist, wovon ich

ich jetzt rede. Die heutige Feierlichkeit gab mir eine nähere Veranlassung, einige Bemerkungen über diesen, nach meiner Ueberzeugung, äußerst wichtigen Gegenstand zu machen, worüber ich gern Alles gesagt hätte, was sich darüber sagen läßt, wenn Zeit und Umstände es hätten gestatten wollen. Das Gesagte wird zu meinem Zweck hinreichend seyn.

Ein Hochwürd. Domkapitel, dem das Wohl der Menschen, und so auch der Flor dieser Anstalt am Herzen liegt, hat an die Stelle des abgegangenen verdienten Inspektors und Lehrers dieser Anstalt, nunmehrigen Herrn Pastors Bastian, in Dingelstedt, gegenwärtigen Herrn Friedrich Christian Kirchhof, bisherigen Konrektor der Stadtschule zu Osterwick berufen, und ich habe den Auftrag, denselben jetzt dem Seminario sowol, als den damit verbundenen Schulen, als Inspektor und Lehrer vorzustellen. Sie, mein werthgeschätzter Herr Inspektor, haben Sich in Ihrem vorigen Amt, besonders durch Ihre Treue, und einen guten moralischen Charakter, zu Ihrem Vortheil ausgezeichnet. Um so mehr berechtigen Sie zu der Erwartung, daß Sie auch ein glücklicher Erzieher künftiger Landschullehrer seyn werden. Sie sind mit Arbeiten dieser Art, welche Sie hier übernommen haben, nicht unbekannt, und darin nicht ungeübt. Wenn Sie Ihre bisherige Thätigkeit fortsetzen, auf das Eigene und Besondere Ihres neuen Amts vorzüglich Rücksicht nehmen, und sich die

alle

allgemeine und besondere sittliche Bildung, der Ihnen anvertrauten Jünglinge, angelegen seyn lassen: so werden Sie, unter Gottes Beistand, jede gute Erwartung erfüllen. Es ermuntere Sie stets der wichtige Gedanke, daß Ihnen Gott einen großen Wirkungskreis angewiesen hat, da Sie berufen sind, Lehrer zu bilden, durch welche das Gute an vielen Orten verbreitet werden soll. Gott begleite alle Ihre Bemühungen mit seinem Segen, und kröne sie mit dem besten Erfolg!

Die Seminaristen erinnere ich an ihre Verpflichtung, ihrem neuen Herrn Inspektor die schuldige Hochachtung und Folgsamkeit zu beweisen, wie überhaupt, so auch insonderheit, in Absicht jeder moralischen Anweisung und Zurechtweisung, welche die Bildung ihres Charakters zum Zweck hat. Ihr wißt, liebe Seminaristen, daß ihr selbst rechtschaffene Christen, und würdige gute Menschen seyn müßt, wenn ihr als Lehrer Andern dazu beförderlich seyn wollt. Strebt darnach, daß ihr es werden mögt, und nehmet dankbar die Hülfe an, die euch Gott durch einen treuen Lehrer darbietet. Die hier versammlete Schuljugend, die bisher die Freude ihrer Lehrer war, müsse es denn auch ferner seyn. Gott segne Lehrer und Lernende in dieser Anstalt, damit sie eine Schule der Weisheit und Tugend seyn und bleiben möge.

II. Ver-

II.

Versuch einer Geschichte der wahren katechetischen Lehrart.

1) Aeltere Geschichte.

Unstreitig ist seit den ältesten Zeiten, die mündliche Unterredung, das belehrende vertrauliche Gespräch, dieses einfache und natürliche Mittel, eine der ersten Arten des Unterrichts gewesen. Wahrscheinlich bedienten sich die Hausväter und Familienvorsteher, schon frühe dieses Mittels, zur Unterweisung der Ihrigen. Die Juden scheinen die erste Nation gewesen zu seyn, bei der diese Lehrart, besonders zur Vorbereitung der Religionskenntnisse, zuweilen, wenn gleich noch unvollkommen, gebraucht worden ist. Sokrates, ein griechischer Weltweiser, der ohngefähr 450 Jahr vor Christi Geburt zu Athen lebte, hat sich in ältern Zeiten das größte Verdienst um die katechetische, oder unterredende Lehrart erworben, und ist, selbst noch für unsere Zeiten, darin das nachahmungswürdigste Muster. Die Lehrart, die er brauchte, heißt nach seinem Namen: die sokratische; eine Lehrart, die in der Hauptsache, nämlich in der Entwickelung oder

Her-

Herleitung der Begriffe, mit der heutigen wahren katechetischen übereinstimmt; aber sich dadurch von ihr unterscheidet, daß sie zuweilen einen andern Zweck hatte — Beschämung derer, mit denen er sich unterredete; — daß oft der Gedankengang, die Verbindung und Herleitung der Sätze (Schlußart) künstlicher und zusammengesetzter, die Zahl der einzelnen Urtheile und Schlüße gehäufter, und dadurch nicht selten überraschender war, als unser gewöhnlichen Schüler — denn unsere Schüler sind Kinder, die seinigen waren Männer — es verstatten; und daß endlich manche Fragen und Aussprüche einen feinen Spott, eine sinnreiche Wendung enthielten. Seine Schüler folgten nicht seinem Beispiele. Sie gaben ihren Unterredungen eine mehr gelehrte Gestalt, und wählten zum Inhalte derselben größtentheils spekulative, d. i. tiefsinnige, blos den Verstand angehende, selten gemeinnützige Wahrheiten. Bei den Juden, nicht lange vor und zu den Zeiten Christi, finden wir zwar Spuren von dem Gebrauche der katechetischen Lehrart, aber keine Beweise, daß sie unter ihnen sehr gewöhnlich gewesen, und immer mehr vervollkommnet worden sey.

2) Mittlere Geschichte.

Als der Stifter der christlichen Religion im jüdischen Lande als Lehrer auftrat, zeigten sich sogleich günstige Aussichten, auch zu einem bessern und zweckmäßigern katechetischen Unterrichte. Er selbst trug die Wahrheiten seiner wohlthätigen Religion auf mancherlei Weise den Fähigkeiten, Bedürfnissen und Umständen seiner Zuhörer angemessen, besonders dem Volke vor; doch scheint es aus den Erzählungen der Evangelisten zu erhellen, daß er von der unterredenden Lehrart nur selten, aber dann gerade wie Sokrates in beiden Absichten, zur Belehrung und Beschämung, Gebrauch gemacht habe. Die Apostel bedienten sich, damit die Ausbreitung der Religion desto schneller von statten gehen mögte, mehr der ununterbrochenen Vorträge und Anreden (Reden) an ganze Versammlungen, als der mündlichen Unterredung (oder Gespräche), der letztern wahrscheinlich nur dann, wenn sie sich an einem Orte lange aufhielten. In wie weit aber die Unterredungen Christi und der Apostel die Gestalt der wahren katechetischen gehabt haben, läßt sich aus Mangel an Nachrichten, nicht genau bestimmen.

Als bei den christlichen Gemeinen ordentliche Lehrer bestellt waren, ward der Unterricht im Christenthume durch mündliche Unterredung immer mehr gewöhnlich. Nicht nur die Erwachsenen aus den Juden und Heiden, die zum Christenthume übertraten, sondern auch die Jugend wurde über Lehren der Religion befragt, und auch durch Gespräche unterwiesen, doch brauchte man nicht allezeit und am häufigsten diese Lehrart; auch war sie nicht im,
mer

mer der wahren katechetischen völlig ähnlich, sondern näherte sich ihr nur mehr oder weniger. In dem **vierten und fünften** Jahrhundert, seitdem die christliche Religion die herrschende geworden war, sorgte man mehr für die prachtvolle Einrichtung des Aeußern in der Religion, z. B. der Tempel, der Gebräuche, als für den zweckmäßigen Unterricht der Jugend. Die katechetische Unterweisung ward, statt an Vollkommenheit zuzunehmen, immer schlechter und seltner. In den **mittlern** Jahrhunderten, vom 7ten bis zum 16ten, verlor sich nach und nach die katechetische Unterredung fast ganz. Religionsstreitigkeiten und die Unwissenheit und Trägheit der meisten Lehrer, verursachten diesen Verfall. Zuletzt hörte aller Unterricht, nicht nur der Erwachsenen, als noch vielmehr die Unterweisung der Jugend — auf. Die Verordnungen guter Fürsten, und die Beschlüsse verschiedener Kirchenversammlungen konnten diese Art der Unterweisung nicht wieder in den Gang bringen; sie bewirkten höchstens nur, daß an manchen Orten die Erlernung der Religion als Gedächtnißsache getrieben ward. Nur hie und da beschäfftigten sich noch einige Lehrer damit, die vornehmsten Lehrpunkte der Religion schriftlich zu erklären, und ihre Erläuterungen in Fragen und Antworten abzufassen. Oeffentliche Katechisationen wurden nicht gehalten. Wenige kannten den Geist der wahren katechetischen Lehrart; und selbst diese Wenige fanden

den beim Gebrauche der katechetischen Unterweisung, die größten Hindernisse.

3) Neuere Geschichte.

Die Zeit der Reformation war auch die Zeit der Wiederherstellung und Einführung eines bessern katechetischen Unterrichts. Luther, von der Nothwendigkeit und dem ausgebreiteten Nutzen des guten Katechisirens lebhaft überzeugt, that alles, was er konnte, durch Unterricht und sein eigenes Beispiel, diese nützliche Lehrart andern zu erleichtern und allgemein zu machen. Er schrieb deswegen seinen großen und kleinen Katechismus. Er selbst katechisirte oft, besonders bei seinen Kirchenvisitationen, wieß die Lehrer zurechte, und gab verschiedene brauchbare katechetische Regeln, unter denen aber einige von verschiedenen Lehrern in den damaligen und folgenden Zeiten, unrecht verstanden und gemißbraucht wurden. Ein guter Anfang im katechetischen Unterrichte war also gemacht; es beruhte nur auf dem Fleiße und der Sorgfalt der Kirchen- und Schullehrer, diese Lehrart mehr sokratisch und immer vollkommner zu machen. Allein nach Luthers Tode fiengen die Prediger an wenig Fleiß auf Katechisationen zu verwenden, und sie mit Sorglosigkeit zu betreiben. Die seichten Kenntnisse vieler Lehrer, ihre Neigung, lieber zu predigen, als zu katechisiren, die mangelhafte Kenntniß und vernachläßigte Bildung der Muttersprache, und

und besonders unnütze Streit- und Vertheidigungs-
sucht, und Beschäftigung mit fruchtlosen Untersu-
chungen (spekulativer Wahrheiten), waren die Ursachen, daß die Katechisationen fast ganz unterblie-
ben. Die Katechismuspredigten ersetzten diesen
Mangel nicht. Unter den Katholiken war der katechetische Unterricht noch seltner, als unter den
Protestanten, und von noch geringerer innerer Güte; obgleich es ihnen nicht ganz an guten Lehrbü-
chern fehlte. Spenner hat das große Verdienst,
die Katechisationen in Frankfurt am Main, hernach in Dresden, und hierauf in ganz Chursach-
sen, allgemein einzuführen. Man folgte in andern
Ländern seinem rühmlichen Beispiele, aber viele
Religionslehrer mußten durch Drohungen dazu
gezwungen werden. Dies hatte die Folge, daß sie
schlecht und verkehrt katechisirten: die Jugend mit
Auswendiglernen plagten und hart behandelten,
und sie dadurch gegen die Religion abgeneigt mach-
ten. Allein, durch Spenners Beispiel aufgemun-
tert, und durch die Einrichtungen, die er in Halle
traf, aufmerksam gemacht, fiengen nun auch Pro-
fessoren auf einigen Akademien an, katechetische
Vorlesungen zu halten, und die Studirenden im
Katechisiren zu üben. Dies half viel zur Verbreitung des Katechisirens. Man erkannte überall die
Nothwendigkeit desselben; aber nicht eben so sehr
das rechte Verfahren dabei. Zergliederung der
Religionssätze und Sprüche, Anführung zur bloßen

B 3 Be-

Bejahung und Verneinung eines Satzes, Gedächtnißübung, das allein war das Katechisiren bei den Meisten, und nicht Entwickelung der Begriffe, nicht Anleitung zum Selbstdenken. Nur wenige wußten die Grundsätze der katechetischen Lehrart in Ausübung zu bringen. Auch wurde nicht auf allen Akademien Anweisung zum Katechisiren ertheilt, und da, wo sie gewöhnlich war, nicht fortwährend ertheilt. In den letzten Jahrzehnten *) erst sind viele gute Anstalten und Vorschläge zur Verbesserung der katechetischen Lehrart, und zur Verbreitung

*) Es würde gewiß Undankbarkeit seyn, wenn man es verkennen wollte, daß wir unserm Zeitalter ganz eigentlich die Ehre verbesserter Schulen und Schulmethode, also ihr auch das Verdienst gehöre, die Katechetik erst recht eigentlich durch Mittheilung brauchbarer Regeln zur Kunst gemacht, und sie in Gang gebracht zu haben. Die Namen eines J. P. Miller, Basedow, von Rochow, Salzmann, Campe, Seiler, Gräffe, und der verehrungswürdigen Asketischen Gesellschaft zu Zürch (deren über alle Lobeserhebung vortreffliche Fragen an Kinder, ja das Haupt- und Handbuch jedes Schullehrers seyn sollten, der die so nützliche sokratische Fragemethode sich zu eigen zu machen wünscht), verdienen unter mehrern Andern, hier am Schluße dieser kleinen und gedrängten, aber gewiß lesenswerthen Geschichte der katechetischen Lehrart, mit hochachtungsvoller Dankbarkeit genannt zu werden.

A. d. H.

tung des rechten Katechisirens gemacht worden. Wir haben nämlich viele gute, zweckmäßig abgefaßte Lehrbücher der Religion erhalten. Man hat mit mehrerm Fleiße, als ehedem, angefangen, gute Katecheten auf Akademien und in Schulmeisterseminarien zu bilden. Die Vorkenntnisse und Hülfsmittel des guten Katechisirens sind jetzt besser und zahlreicher. Es sind endlich verschiedene Schriften erschienen, die viele einzelne und gute Bemerkungen und Regeln, auch zuweilen Beispiele der katechetischen Unterweisung enthalten. Allein, dennoch hat die wahre katechetische Lehrart noch nicht die höchste Stufe der Vollkommenheit erreicht. Es giebt noch viele, die aus verschiedenen Ursachen ihre Grundsätze weder kennen noch befolgen.

Diese Geschichte sey lehrreich für einen jeden Katecheten, sey warnend für ihn, und ein mächtiger Antrieb zum eifrigen Streben nach der wahren katechetischen Geschicklichkeit.

III. An-

III.
Anfrage an erfahrne Schulmänner: wie lehrt man Landkinder auf die leichteste und sicherste Weise orthographisch schreiben? *)

Soll die Erlernung des Schreibens, als eines Hauptgegenstandes beim Unterrichte der Jugend, den Kindern auf ihre Lebenszeit wirklich nützlich seyn, so ist es nicht genug, daß sie bloß vorgelegte Vorschriften abschreiben lernen, sondern sie müssen vorzüglich darin geübt werden, daß sie allerlei Aufsätze, als Briefe, Quittungen u. s. w. aus ihrem

---

*) Außer Hrn. Consist. R. Horstigs Aufsatz im 3ten Bdchn. d. Schulfr. kann auch der zunächst auf diese Anfrage folgende von Hrn. R. einigermaßen schon Antwort seyn. Ich hoffe aber nächstens, das, was in der Landschulkonferenz von mehrern würdigen Predigern und Schullehrern meiner Diöcese über diesen Gegenstand ad Acta verhandelt worden, oder doch wenigstens das Hauptsächlichste, was sie gemeinschaftlich aus ihren Berathschlagungen und Erfahrungen, über die beste Methode hierbei herausgebracht, und beibehalten haben, mitzutheilen.

A. d. H.

rem eigenen Kopfe selbst zu verfertigen und orthographisch niederzuschreiben, im Stande sind. — Da es aber einem jeden, der sich mit dem Unterrichte der Jugend beschäfftigt, zur Gnüge bekannt ist, wie ungemein schwer es hält, bei der Unterweisung im Schreiben den Kindern die Orthographie beizubringen: so ist es mein, und gewiß auch mehrerer Schullehrer, dringender Wunsch, über diesen höchst nothwendigen Gegenstand des Schulunterrichts, vornehmlich in Rücksicht auf die Landkinder, die erprobten Methoden erfahrner Schulmänner, mitgetheilt zu lesen.

Aus diesem Grunde nehme ich mir die Freiheit, jene Männer durch diesen Aufsatz aufzufordern, ihre hierüber gemachten Erfahrungen, und Resultate zur Belehrung Anderer, im deutschen Schulfreunde gütigst mitzutheilen.

Ob ich gleich davon weit entfernt bin, es mir anzumaßen, obige Aufgabe zu beantworten, sondern über sie von geschickteren Männern Belehrung erwarte, so sey es mir doch vergönnt, nachstehende Bemerkungen hinzufügen zu dürfen.

Zur Orthographie rechne ich dreierlei: erstlich, das richtige Schreiben der Wörter; zweitens, die gehörige Beisetzung der Unterscheidungszeichen, und drittens den rechten Gebrauch der Buchstaben des großen Alphabets.

1). Was den ersten Punkt bei der Orthographie, nämlich das richtige Schreiben der Wör-

Wörter anbetrifft, so ist es nothwendig, daß man schon beim Buchstabiren-Lernen darauf halte, daß die Kinder recht viel aus dem Kopfe, ohne Buch, buchstabiren müssen *). Bei dieser Uebung macht man den Anfang mit einzelnen leichten Wörtern, sodann nimmt man schwerere Wörter. Mit der Zeit läßt man ganze Sätze, anfänglich kürzere, nachher längere im Kopfe buchstabiren. Dieses Hülfsmittel erleichtert den Kindern, wann sie schreiben lernen, das richtige Schreiben der Wörter aus dem Kopfe ungemein, und ist, nach meinem Bedünken, das zweckmäßigste Mittel, Kinder auf eine leichte und sichere Art in diesem Stücke orthographisch schreiben zu lehren. — Wie überaus schwer wird es hingegen den Kindern, die in der vorhin genannten Uebung vernachläßigt worden sind, wenn sie dictirte Wörter oder Sätze niederschreiben sollen. Selbst ganz bekannte und leichte Wörter, wie ich aus Erfahrung es weiß, richtig zu schreiben, sind sie nicht im Stande, und nur mit vieler Mühe

---

*) Diese nützliche Uebung kann nie genug empfohlen und getrieben werden. Es muß bis zu der Fertigkeit gebracht werden, daß Kinder und Lehrer mit einander buchstabiren, und fertig und schnell reden können. Unglaublich ist es, wie viel dieß zum Recht- und Schnellschreiben beiträgt.

A. d. H.

Mühe bringen sie es endlich hierin zu einer geringen Fertigkeit. Bei solchen verabsäumten Kindern habe ich die Methode, als die beste befunden, daß man zuvörderst die einzelnen Wörter oder Sätze, die dictirt werden, von einem und dem andern Kinde laut buchstabiren, und dann aufs Papier niederschreiben läßt. Aber diesen viele Zeit wegnehmenden Gang habe ich nie mit solchen Kindern nöthig gehabt, die schon beim Buchstabiren- und Lesenlernen, fleißig im Kopfbuchstabiren geübt worden waren, und nur höchst selten bei etwa unbekannten Wörtern war es nöthig, sie erst laut buchstabiren zu lassen.

a) In Ansehung der Unterscheidungszeichen, nämlich, das Komma, Semikolon, Kolon, Punktum, Ausrufungs- und Fragezeichens, hält es außerordentlich schwer, den Kindern den rechten Gebrauch derselben beizubringen, ja, bei den meisten Landkindern ist es wol kaum möglich, daß es geschehe. Alle Regeln, die man deshalb gemeiniglich zu geben pflegt, sind ihnen entweder unverständlich, oder wenigstens wissen sie dieselben doch nicht in vorkommenden Fällen recht anzuwenden. — Viele Uebung im Schreiben, und öftere Aufforderung an die Kinder, darauf zu merken, wo man ihnen beim Dictiren ein Komma, Punktum u. s. w. zu setzen, sage, leistet hier, nach
meinem

meinem Dafürhalten, mehr, wie alle Regeln, die man ihnen darüber etwa bekannt machen wollte. — Sollte es denn aber auch wol nothwendig seyn, daß Kinder beim Schreiben den rechten Gebrauch aller Unterscheidungszeichen wissen müßten? *) Könnte man sich hierin nicht bloß auf das Komma und Punktum einschränken? — oder höchstens noch das Frage- und Ausrufungszeichen hinzunehmen? — Aber auch selbst diese vier Unterscheidungszeichen — wie soll man, die Kinder, sie richtig zu setzen, auf eine ihnen faßliche und leichte Art, lehren? — Und doch ist es nothwendig, daß die Kinder hierin eine sichere Anweisung erhalten, weil durch Weglassung der Unterscheidungszeichen, oder durch unrichtige Setzung des Komma und Punktum, sehr oft ein falscher, oder ganz anderer Sinn heraus kommt, und überhaupt ein geschriebener Aufsatz unverständlich und beschwerlich zu lesen wird! **)

Mögi

*) Mit Komma, Punkt und Fragezeichen scheint es mir für den Anfang genug zu seyn.
   A. d. H.

**) Die beste Methode scheint mir immer diese: Man läßt Kinder sagen, was sie wol für einen Gedanken, Anliegen dem andern bekannt machen möchten; schreibt dieß an die Tafel, macht mehrere falsche Abtheilungen, wodurch der Sinn entstellt wird, und läßt sie die Kinder selbst verbessern. Dieß muß recht oft geschehen.
   A. d. H.

Möchten uns über diesen schwierigen Punkt des Rechtschreibens erfahrne Schulmänner ihre Belehrungen mittheilen!

3) Zwar nicht ganz so mühsam, wie der vorhin berührte Punkt, aber doch auch nicht wenig schwer, ist es, Kindern begreiflich zu machen, welche Wörter mit einem großen Anfangsbuchstaben geschrieben werden müssen. — Die Eintheilung in Renn- Bei- und Zeit-Wörtern, und die Erklärungen von denselben, scheinen mir für den größesten Haufen der Landkinder zu gelehrt und abstrakt zu seyn, wenigstens weiß ich es aus meiner gemachten Erfahrung, daß bei aller gegebenen Mühe, ihnen die Sache deutlich zu machen, die meisten es demohngeachtet nicht begreifen konnten, und die wenigen, die es noch etwa gefaßt, doch auch selbst beim öftern Wiederholen, es bereits am nächsten Tage schon wieder vergessen hatten. — Eben so schwankend und unbestimmt habe ich auch die Regel befunden, die man gewöhnlich zu geben pflegt: „Ein Wort, vor welchem man einen von den „drei Artikeln: der, die, das, setzen kann, „wird mit einem großen Anfangsbuchstaben ge„schrieben." Ich habe Versuche bei Kindern damit gemacht — und sie schlugen fehl! Sagte, oder dictirte ich z. E. der große Mann, so schrieben sie, der Große mann; oder: das ist

nicht

nicht möglich, so schrieben sie, das ist nicht Möglich; denn man könne ja sagen: das mögliche, also müsse möglich mit einem großen M geschrieben werden, und so in vielen Fällen mehr. — Ich bin der Meinung, daß man in diesem Stücke des Rechtschreibens es mit Landkindern nicht so genau zu nehmen habe, ob sie jedes Wort mit dem rechten, entweder großen oder kleinen Anfangsbuchstaben schreiben; wenn sie sonst nur darin sorgfältig geübt werden, leserlich zu schreiben, ihre Gedanken so ziemlich geordnet, und in einer schicklichen Verbindung aufzusetzen, und die einzelnen Sätze gehörig zu interpungiren. — Indessen, so viel als möglich ist, und es, ohne Kindern die Sache lästig und zuwider zu machen, es angeht, sollte man sie wol anleiten, die großen Anfangsbuchstaben in den meisten Fällen recht gebrauchen zu lernen. — Bei diesem Stücke habe ich den Kindern folgende Regeln bekannt gemacht, und gefunden, daß bei mehrerer Uebung im Schreiben und öfterm Erinnern an die Regeln, die meisten Kinder die großen Buchstaben so ziemlich richtig gebrauchen lernten, in so weit nämlich die Regeln diese Fälle bestimmten. Hier sind sie:

1) Das erste Wort, das ihr bei einem Aufsatze, oder Briefe u. s. w. schreibet, müßt ihr mit einem großen Buchstaben anfangen: so wie

auch

auch immer das erste Wort hinter einem Punkt, einen großen Anfangsbuchstaben haben muß.
2) Alle Namen von Menschen, männlichen und weiblichen Geschlechts, müssen stets mit einem großen Anfangsbuchstaben geschrieben werden. Z. E. Johann, Christian, Friedrich, Dorothea, Sophia, Müller, Schmidt, Krause u. s. w.
3) Alle Namen der Thiere müssen immer mit einem großen Anfangsbuchstaben geschrieben seyn. Z. E. Pferd, Hund, Katze, Schaaf, Kuh, Ochse, Gans u. s. w.
4) Ueberhaupt die Namen aller Dinge, die ihr mit euren Augen sehen könnt, müssen stets mit einem großen Anfangsbuchstaben geschrieben werden. Z. E. Wasser, Feuer, Holz, Baum, Stein, Papier, Eisen, Erde, Sonne, Mond, Sterne u. s. w.

Aber wie soll man es Kindern begreiflich machen, daß sie solche Wörter, als: Mäßigkeit, Gerechtigkeit, Liebe, Hoffnung, Furcht, Hunger, Durst, Tugend, Laster, Sünde u. a. m. mit einem großen Anfangsbuchstaben schreiben müssen?? *)

Doch

―――

*) Am besten: man sagt dem Kinde recht oft: wenn du nicht weißt, ob ein Wort groß oder klein geschrieben wird, so suche in der Bibel, ob du es da nicht findest, und erinnere die Kinder an diesen oder jenen Spruch, worin das Wort vorkommt. Das Gesangbuch, wenigstens nicht jedes, wäre hier-

Doch genug! Alle diese geringen Bemerkungen, und meine wenigen Erfahrungen habe ich bloß in der Absicht niedergeschrieben, um dadurch erfahrnere Jugendlehrer, die über diesen Gegenstand des Kinder-Unterrichts tiefer nachgedacht, und lehrreichere Erfahrungen gesammelt haben, zu veranlassen, uns mit einer zweckmäßigen, Landkindern angemessenen, leichten und sichern Anweisung zur Orthographie, gefälligst zu beschenken.

Hierüber also, würdige Schulmänner! theilen Sie uns Ihre belehrenden Erfahrungen, Ihre guten Rathschläge mit, und seyn Sie versichert, mein und aller biederer Schullehrer innigster Dank wird Ihnen dafür zu Theil werden!

S...   K — z.

IV. Noch

hierzu deßwegen n i c h t zu gebrauchen, weil man in den mehrern, dem in einem, und ohne Verstand fortsingen der Leute dadurch hat vorbeugen wollen, daß man jede kleine Gesangklause, nach dem Ruhepunkt mit einem großen Buchstaben gedruckt hat. Wo solche Gesangbücher in Schulen gebraucht werden, sind sie eine Ursach mit, die die Rechtschreibung erschweren, weil dadurch immer Verwirrung bei den Kindern angerichtet wird. — Das öftere eigene Aufsuchen und Anschauen solcher Wörter wird es den Kindern tiefer ins Gedächtniß drücken, wie sie geschrieben werden, als das bloße Sagen: Glaube, Keuschheit u. s. w. wird mit einem großen Buchstaben geschrieben.

A. d. H.

IV.

Noch ein Beitrag über die Erlernung der Orthographie in niedern Schulen.

Mit dem Vorschlag, welchen Herr Consistorialrath und Superint. Horstig, zu Bückeburg, neulich die Güte hatte, durch den Schulfreund (8s Bändchen, Seite 27 ff.) uns bekannt zu machen, hatte ich schon vorher die Probe gemacht. Wenn in andern Sachen angestellte Versuche das Mittel empfehlen, so hoffe ich, daß das hier auch der Fall seyn wird. Der Versuch, welchen ich anstellte, hat mich überzeugt, daß jene Lehrmethode ein ganz zweckmäßiges Mittel zur Erlernung der Orthographie ist, wenn anders der Schullehrer selbst richtig schreiben gelernt hat. Nun, sagt man vielleicht, dann können wir ganz bei jenem nun bekannten Mittel stehen bleiben, und bedürfen keines Beitrags mehr. Man höre meine Erfahrung. Unter zehn Erwachsenen, sagt Herr Consistorialrath ganz richtig, kann man immer darauf rechnen, daß kaum einer orthographisch richtig schreibt. Eben so wahr, getraue ich mir zu behaupten, daß unter den jetzigen Schullehrern, hier zu Lande, bei einer gleichen Anzahl, kaum einer mögte gefunden werden,

den, der orthographisch richtig schreibt. Die im Seminario zu Cassel erzogene Schullehrer kann ich freilich ausnehmen. Mit wahrem Vergnügen habe ich bemerkt, da ich neulich einer Prüfung beiwohnte, welche Herr Kantor Georgi bloß meinetwegen, mit den Zöglingen des Seminariums anstellte, von der ich nicht abgeneigt bin, eine umständliche Nachricht zu geben, daß die Seminaristen in den nöthigen Grundsätzen der Orthographie, gehörig unterwiesen werden. Ich stellte selbst ein kleines Examen mit den Seminaristen an, und wurde von dem hier Niedergeschriebenen völlig überzeugt. Allein bis jetzt haben wir im Lande noch wenig Seminaristen, und unter diesen habe ich einige bemerkt, welche wegen Mangel an guten und brauchbaren Schullehrern, bei der Entstehung des Seminariums, dasselbe zu frühzeitig verlassen mußten, da sie noch nicht vest und hinlänglich genug gegründet seyn konnten. Wie können nun solche Männer, welche selbst nicht orthographisch richtig schreiben, ihre Schüler Orthographie lehren? Wie sollen sie es anfangen, daß dennoch ihre Schüler richtig schreiben lernen? Weit entfernt, einem sonst brauchbaren Manne, deswegen beißende Vorwürfe zu machen, daß er eine Kunst nicht versteht, die so nöthig als nützlich ist, da er, sie zu erlernen, keine Anleitung bekam, will ich vielmehr aus eigener Erfahrung suchen, ihnen etwas Nützliches über diesen Punkt, mitzutheilen. Hier ist auch zudem

dem weder Ort noch Raum zum Tadeln, sondern eigentlich zum Bessern, so wie wir den Vorsatz haben, uns täglich zu bessern, um es besser zu machen.

In der That ist es noch immer ein sehr merklicher und auffallender Fehler unserer niedern Schulen, daß die Kinder, zwar zu ganz guten Abschreibern oder vielmehr Nachschreibern *), aber weder zu Orthographen, noch zu solchen gezogen werden, welche ihre Gedanken, Andern, und sich selbst verständlich aufsetzen und ordnen können. Ich habe nun schon manchen Soldatenbrief aus den Niederlanden und vom Rhein gelesen, aber noch keiner verdiente, in dieser Hinsicht, meinen Beifall **). Es

*) Mögten doch Schullehrer das Thörigte einsehen: wenn sie sogar die edle Schulzeit mit Vormalen und Nachmalen von Canzelei-Frakturschrift, großen Initialbuchstaben und Schnörkeleien hinbringen und hinbringen lassen, und von solcher elenden Pedanterei zurückkommen, die zu gar nichts in der Welt nutzt, wenn auch einfältige Aeltern sich darüber freuen sollten. Es brächte ihnen sicher mehr Ehre und den Kindern für ihr Leben mehr Nutzen, wenn sie letztern nur leserlich reine Kurrentschrift, und dabei richtig ihre Gedanken ausdrücken lehrten. Sie sollen ja keine Schreibemeister werden.

A. d. H.

**) Ich muß hier mit Freuden von unserer Gegend das Gegentheil versichern, da mir wirklich mehrere über-

wurde oft nicht wenig Kunst erfordert, den Brief zu verstehen. Die Worte waren eben so fehlerhaft geschrieben, wie sie von diesen Leuten ausgesprochen werden, und sagten nicht selten etwas ganz anders, als sie doch bezeichnen sollten. Jetzt sieht man die Nützlichkeit und Nothwendigkeit der Orthographie, und des Schreibens überhaupt, mehr ein, als sonst. So kenne ich einen Soldaten bei dem Regiment Erbprinz, welcher, noch ehe er zu Felde gieng, um doch den Seinigen, von sich, einige Nachricht ertheilen zu können, mit seinem Bruder, da der Soldat die Buchstabenschrift nicht versteht, einig wurde, daß er sich der Zahlen bedienen wolle *). Er hat auch schon einige Briefe mit Ziffern geschrieben. Mancher Soldat würde jetzt aus dem Felde, seinen, um ihn besorgten Aeltern, bessere

überaus richtig gedacht, und wirklich nicht nur richtig, sondern artig geschriebene Soldatenbriefe zu Gesicht gekommen sind. Freilich aber war es auch hier sichtbar nur der Fall mit solchen, die in guten Schulen unterrichtet waren.
A. d. H.

*) Es wäre wol, wie ich aus Erfahrung weiß, keine als die gegenwärtige Kriegszeit so nützlich, um Aeltern und Kindern über die Nützlichkeit des Schreibenlernens zu belehren, und ihre Vorurtheile von der Entbehrlichkeit desselben, ihnen zu benehmen. Solche Umstände muß der weise Lehrer nutzen. Wie viel Gutes ließe sich da sagen und stiften!
A. d. H.

fere und verständlichere Nachrichten mittheilen, wenn er selbst schreiben gelernt hätte. Man darf die Aeltern jetzt nur auf diese ihre Sorgen aufmerksam machen, und sie selbst tragen gewiß alles dazu bei, daß ihre Kinder schreiben lernen, da man sie sonst wol dazu nöthigen mußte. Man sollte also auch billig mehr auf diesen wichtigen Theil des Schulunterrichts sehen, als es bis dahin geschehen ist. Das Schönschreiben, das bei solchen Schülern doch eben so weit nicht her ist, hat weniger Nutzen, als das Richtigschreiben, und doch muß ich, leider! bezeugen, daß man noch immer in den meisten niedern Schulen die Kinder bloß nach der Vorschrift des Schullehrers abschreiben läßt. In den wenigsten Schulen habe ich gute und zweckmäßige und orthographisch-richtige Vorschriften angetroffen. Mir selbst ist es äußerst schwer geworden, orthographisch zu schreiben. Aufmerksamkeit, Lexicon, oder Wörterbuch und Schaam haben mich noch Orthographie gelehrt. Im Grunde habe ich auch in meiner Jugend zur Orthographie gar keine Anweisung erhalten. Man dictirte mir wol, gleich andern, etwas vor, sah das Geschriebene durch, änderte auch wol am Ende die Fehler, aber man zeigte mir nicht den Grund dieser Verbesserung *).

*) Ich halte überhaupt vom Korrigiren in den Schreibbüchern nicht viel; die Kinder sehen nicht wieder darein. Besser, man korrigirt falsch

Man gab sich eben so wenig Mühe, mich an eine richtige Aussprache zu gewöhnen. Das b sprach ich wie r, das p wie b, das á wie e, das ů wie i aus. Gewiß kein kleiner Fehler des ersten Unterrichts. Man richtet sich doch beim Schreiben mit nach der Aussprache, und sie giebt uns oft die nöthigen Buchstaben in die Feder. Wenn ich Soll batten spreche, so werde ich auch glauben, so schreiben zu müssen. Sprechen wir also die Worte und Buchstaben richtig aus: so werden wir schon von selbst, beim Schreiben, weniger orthographische Fehler machen. Bei vielen Schullehrern habe ich gefunden, daß sie selbst weder die Worte richtig aussprechen, noch die Buchstaben in der Aussprache, durch den Ausdruck, gehörig unterscheiden. Diese können nun ihre Schulkinder an keine richtige Aussprache gewöhnen. Man wird daher an vielen Schulkindern ganz unverzeihliche Fehler der Aussprache entdecken. Hätte ich nicht an mir selbst bemerkt,

geschriebene Worte 1, 2, 3mal im Buche, dann nicht mehr, sondern unterstreicht das Wort, und läßt die Kinder die ehemalige Verbesserung selbst aufsuchen. Dieß wirkt ungemein, und ich habe bemerkt, daß dann solche Fehler viel seltner wieder vorkommen; auch muß man die Kinder so gewöhnen, daß sie es für Schande halten, wenn ihnen dasselbe Wort öfter wieder unterstrichen werden muß.

A. d. H.

merkt, daß diese Gewohnheit der unrichtigen Aussprache, die Orthographie verstellt, so würde ich mir weniger daraus machen; aber so muß ich ein für allemal darauf bestehen, daß jeder Schullehrer sich üben müsse, die Worte richtig auszusprechen, und so viel, als ohne Beleidigung des Wohllauts, geschehen kann, auch die Buchstaben durch den Ausdruck in der Aussprache, richtig anzugeben. Bei uns ist diese Kunst so gar schwer nicht, da wir schon ziemlich rein deutsch reden. Eine kleine Aufmerksamkeit auf solche, welche richtig reden, und ein wenig Uebung beim Lesen, sind dienliche Mittel für den Mann, der Lust hat. Ich habe es selbst versucht, und spreche nicht mehr g e g á b e n, sondern g e g e b e n, nicht mehr Sägen, sondern Segen, nicht mehr Soltaden, sondern Soldaten, nicht mehr Vatter, sondern Vater. Daher kostet es mich auch jetzt weniger Mühe, diese und andere Worte richtig zu schreiben.

Ein anderer Fehler meines Jugendunterrichts war der, daß ich nicht richtig und fertig buchstabiren lernte. Eines theils war das A B C-Buch, das man mir gab, nichts nütze; andern theils war die Anweisung schlecht. Freilich war mir schon als Kind, aus leicht begreiflichen ganz natürlichen Gründen, diese Fibel ein ärgerlich Ding. Ich erinnere mich noch, daß ich einmal eine ganz neue Fibel über eine Gartenhecke warf, und dann vorgab, sie verloren zu haben. Aber ich wollte sie noch
jetzt

jetzt finden, wenn sie 24 Jahr hätte können in dem Garten liegen bleiben. Ich hatte auch das große breterne Buch lange genug getragen. Sechs waren ihrer durch und durch zerlernt, und mit der 7ten sollte ich wieder anfangen. Ein ander Buch verlangte ich weinend, und natürlich bekam ich zu meiner damaligen Freude den kleinen lutherischen Katechismus mit dem Heidelberger. Im 6ten Jahr fieng ich an zu lesen, ohne daß ich richtig und fertig buchstabiren konnte. Man ließ mich täglich lesen, ohne weiter darnach zu fragen, ob ich auch Syllabiren könne. Man gab mir ein Schreibbuch in die Hände, schrieb mir vor, und sah' darauf, daß ich Buchstaben und Worte nachschreiben lernte. Endlich dictirte man mir auch, sagte mir Buchstaben und Worte vor, und wenn ich nun ein Bauerknabe gewesen wäre, so würde damit der Unterricht, aber auch meine Kunst, eine Endschaft erreicht haben. Bei andern, welche in ihrer Jugend richtig und fertig buchstabiren lernten, habe ich als Jüngling weniger Schreibfehler bemerkt, als bei mir. Man hat mich wegen meiner Fehler oft verspottet, daher sahe ich mich genöthigt, wenn ich einen Aufsatz machte, jederzeit ein Wörterbuch zur Hand zu nehmen, um da diejenigen Worte aufzuschlagen, bei denen ich ungewiß war. Wer wird denn aber zu einer solchen mühsamen Lernmethode der Orthographie, Zeit, Mittel, Gelegenheit und Antrieb haben? Diese meine eigene Erfahrung

hat

hat mich aufmerkſam gemacht, wie denn überhaupt meine ganze ſchiefe Bildung, mich auf mehrere Fehler der Erziehung und des Unterrichts, aufmerkſam machen mußte. Nach ihr habe ich den unter mir ſtehenden Schullehrern folgende Regeln zum Geſetz gemacht:

1) Bemühet euch, eure Ausſprache täglich zu berichtigen. Seit aufmerkſam auf euch ſelbſt, und auf ſolche, welche richtig ſprechen. Suchet die Worte ſo auszuſprechen, wie ſie in guten *) Büchern ſtehen.

2) Lehret die Kinder jedes Wort richtig ausſprechen, und ſehet darauf, daß ſie, ſo viel als möglich, die Buchſtaben beim Buchſtabiren und Leſen, richtig ausdrücken. Seyd nicht gleichgültig gegen Fehler der Ausſprache, ſo wenig beim Buchſtabiren, als dem Leſen.

3) Laſſet die Kinder richtig und fertig buchſtabiren lernen, und ſetzet

*) Die Lutheriſche Bibel, die wahrlich in der Rechtſchreibung und Sprachrichtigkeit immer Muſter iſt, könnte hierzu Lehrern und Kindern beſonders empfohlen werden. Ich ſelbſt muß geſtehen, daß ſie mir ehedem manchmal aus Verlegenheit geholfen hat.

A. d. H.

diese Uebung so lange mit ihnen fort, als sie in die Schule gehen. Aber traget Geduld mit den lieben Kleinen, wenn sie Fehler machen.

In Rücksicht der 3ten Regel, sey es mir erlaubt, unsere Methode näher bekannt zu machen. Daß ich aus Gründen, und nicht aus Gewohnheit, das Buchstabiren ein für allemal beibehalten will, siehet man wol, ohne meine Erinnerung, ein. Wenn unsere Kinder auf den Dörfern eine gründliche Anleitung zum Rechtschreiben erhalten könnten, und wenn das Buchstabiren weniger Mittel dazu wäre, so würde es mir einerlei seyn, wie sie das Lesen erlernten. Genug, unsere Schulkinder müssen alle, ehe sie lesen dürfen, zuvor richtig buchstabiren lernen, doch werden sie dadurch nicht länger, als es nöthig ist, vom Lesenlernen abgehalten. Bei dem Lesen müssen die Kleinern aber noch immer aus dem Buche, und die etwas größern, aus dem Kopfe, Buchstaben, Sylben, Worte und ganze Sätze zusammensetzen. Bei dieser Kopfübung müssen sie zugleich die zu gebrauchenden Buchstaben angeben und ausdrücken. Der Lehrer nimmt das Noth- und Hülfsbüchlein in die Hand, sagt den Kindern anfangs eine Sylbe, dann ein Wort u. s. w. vor. Eins von den Kindern wird aufgerufen, und das muß die Sylbe oder das Wort laut vorbuchstabiren. Der Lehrer richtet sich bei dieser Uebung nach den Fähigkeiten der Kinder, läßt von ihnen selbst die

Feh-

Fehler bemerken, und so lange am Wort verbessern, bis das Wort ganz mit seinem Exemplar übereinkommt. Er zeigt ihnen auch wol das Wort, wenn es nöthig ist, im Buche selbst, und läßt es von einem Kleinern im Buche laut vorbuchstabiren. Die ganze Schule nimmt an dieser Vorübung zum Orthographischschreiben, Antheil. Wenn einige Sätze so durchbuchstabirt sind, dann läßt er die Kinder dieselben Sätze schreiben. Hier muß ich aber bemerken, daß nur die Größern ganze Sätze schreiben, die Kleinern Buchstaben und Sylben. Die Größern, oder die 1te und 2te Klasse, werden jetzt allein vorgenommen. Ihnen dictirt der Lehrer. Damit aber die beiden untern Klassen nicht müßig sind, so muß abwechselnd einer aus der ersten Klasse, das Dictirte an die Schultafel schreiben, die Kleinern aber müssen zusehen, die Worte buchstabiren, und die Fehler aufsuchen helfen. — Durch eine solche Methode, welche ein anschaulicher Unterricht ist, werden die sämtlichen Kinder im Buchstabiren, Lesen und Rechtschreiben zugleich geübt. Da der Lehrer ein Buch, oder einen Aufsatz hat, welcher orthographisch richtig ist, so wird er nicht leicht einen Fehler an der Tafel stehen lassen. Er und die Kinder lernen durch Uebung Orthographie. Die erwachsenen Schulkinder, welche eine ziemliche Fertigkeit haben, müssen eine ihnen erzählte Geschichte aus dem Kopf aufsetzen, und sie dann zur Durchsicht bringen. Sollten, wenn diese Uebungen ferner an-

angestellt werden, unsere Schulkinder nicht orthographisch ihre eigene Gedanken, andern schriftlich mittheilen lernen? Doch genug! man mache den Versuch, die Beschäfftigung ist den Kindern selbst angenehm, wenn der Lehrer Geduld hat.

Rehm.

V.

Ein Mittel, wie man als Schullehrer auf dem Lande, durch Kinder auf die Erwachsenen, wirken kann.

Diese Frage suchte ich so viel als möglich, nicht bloß mit Worten, sondern durch That zu beantworten, als mir das Rektorat zu H. anvertrauet, und ich das große Bedürfniß, den Gemeingeist wenigstens wach zu machen, gewahr wurde.

Ohne Rührung kann ich nicht daran denken, wie der gemeine Mann, von dem man doch so viel fordert, vernachläßiget wird: oder, wie man aus Modesucht auf das andere Extrem verfällt, und ihn mit Dingen bekannt zu machen sucht, die weder zur Sittlichkeit, noch zur häuslichen und ländlichen Glückseligkeit führen.

Noch

Noch mehr gerührt aber wird man, wenn man in solchen Schulen, nichts als den Landeskatechismus und eine Bibel vorfindet, welches die ganze Schulbibliothek ausmacht.

Wie in aller Welt, dacht ich, wirst du den Kindern beikommen, ihren Verstand aufzuklären, und ihr Herz zu bessern? wie es anfangen, daß von dem kleinsten bis zum größten, sie alle Antheil nehmen können?

Daseyende Vorschriften gaben mir hierzu Anlaß: Vorschriften, in welchen der Verstand vernachläßiget; und das Herz gar nicht in Anschlag gebracht wird.

Hier ist ein Probestück:

„Uebrigens wollen wir es nunmehro bei der „Currentschrift bewenden lassen, und zur lateini„schen und französischen Schrift schreiten. Alle „deren große und kleine Buchstaben werden „schreg, von der rechten gegen die linke Hand „gezogen ꝛc."

Da diese Art Vorschriften ein Hergebrachtes waren, so ließ ich sie unangetastet — und sie wurden nach wie vor geschrieben; machte aber den Versuch, selbst welche von gemeinnützigem Inhalte, wozu mir das Betragen der Gemeinde, gewisse Eigenheiten in derselben, und das überaus nützliche hannöverische Magazin, Stoff genug gaben, zu verfertigen, und wodurch ich folgende Absicht zu erreichen suchte.

1) Ge

1) Gemeinnützige Kenntnisse zu verbreiten.
2) Richtige Begriffe über wichtige und nützliche Gegenstände mitzutheilen.
3) Urtheilskraft und Gedächtniß der Kinder zu schärfen.
4) Geschriebenes lesen zu lehren.

Ich gieng auf folgende Weise zu Werke: Montags Nachmittag, wurde von einigen der obersten Bank das Beispiel laut und langsam vorgelesen. Ich sowol als die Kinder, beflißen uns, aufmerksam zuzuhören.

Zuweilen erzählte ich den Inhalt der Vorschrift als Geschichte, und ließ dann lesen. Hierauf ließ ich mir es von irgend einem aus der Versammlung nacherzählen, welches nach und nach die Kinder geschickt machte, sich selbst auszudrücken, auch Gelegenheit gab, Sprachfehler zu bemerken und zu berichtigen. Sodann gieng ich die ganze Vorschrift, in Absicht ihres Inhalts, katechetisch durch.

Die, welche mit der Feder fertiger waren, mußten sie sodann in ihr Schreibebuch reinlich und deutlich eintragen; bei Verlust der Stelle, mußte selbige jeder den Sonnabend, als den allgemeinen Repetitionstag, dann vorzeigen.

Diese Vorschrift ist einigermaßen Gesichtspunkt für die ganze Woche, so, daß ich jede paßliche Gelegenheit beim Unterricht benutze, um die Sache, wovon sie handelt, ins Gedächtniß zu bringen.

Die

Die Erfahrung hat mich überzeugt, daß ich nicht nur bei den Kindern, sondern auch bei den Erwachsenen, damit Gutes gewirkt habe. Manche böse Gewohnheit ist verdrängt: mancher Aberglaube verscheucht. Selbst Hausväter fanden ein gewisses Vergnügen daran, diese Vorschriften nicht bloß zu lesen, sondern selbige sich sogar abzuschreiben — weil sie manches Nützliche und Brauchbare, selbst für ihre Wirthschaft, darin fanden.

Durch diese Vorschriften wurde ich aber auch zugleich sicher, daß ich von den Aeltern, durch unvollständige Erzählungen ihrer Kinder berichtet, nicht schief beurtheilt und mißverstanden wurde; — sie hatten Schwarz auf Weiß. Weshalb ich auch ganz überzeugt bin, daß diese Art die möglichst Beste ist, gemeinnützige Kenntnisse sicher in einer Gemeinde zu verbreiten, und sie bleibend zu machen.

Dieser Versuch ist nun zwar nicht neu *) — ein Prediger zu Berlin hat schon vor einigen Jahren

---

*) Die guten Junkerschen Vorschriften in seinem Handbuch sind gewiß jedem bekannt, und werden bereits zu obiger Absicht wol allgemein gebraucht. Indessen ist es äußerst nützlich, auch nach Maaßgabe des Bedürfnisses und der Lokalität, wenn man Geschick dazu hat, selbst dergleichen auszuarbeiten; die dann oft noch wirksamer und nützlicher werden können, wenn sie zur rechten Zeit und am rechten Orte, Wahrheiten mittheilen.

A. d. H.

ren die nämliche Methode gewählt, und nach seiner eigenen Aussage, sehr viel genützt — aber bei alle dem doch zu empfehlen. Auf diese Weise kann jedes Volksbuch, wie ich z. B. mit dem Beckerschen Reichsanzeiger, der deutschen Zeitung und dem Gesundheitskatechismus gethan habe — benutzt werden.

Folgendes ist ein Probestück:

Die Ausnahme der jungen Leute zum Soldatendienst, am 24. Februar, 1793.

Zwei Bürger, welche beide im siebenjährigen Kriege dem Vaterlande als Soldaten gedient hatten, sprachen folgendes mit einander:

Erster. Mit dem Kriege gegen die Franzosen scheint es doch Ernst zu werden. Diese Nation hätte auch können ihren tollkühnen Eifer für Freiheit und Gleichheit für sich behalten.

Zweiter. Hätten nicht ihren König brauchen umzubringen. Wahrhaftig, ich glaube — ein ander Jahr um diese Zeit haben wir die Franzosen im Lande, wenn das so fortgeht, wie man hört.

Erster. Darum ist es gut, daß unser gnädiger König ernstliche Anstalten trifft, den Feind abzuhalten.

Zweiter. Aber, wie sehr verschieden von den alten Zeiten. Weißt du noch wol, daß wir beide damals aus dem Bette geholt wurden?

Erster.

Erster. Ja wol! und jetzt geht es so ordentlich zu mit dem Ausnehmen; keine List; keine Gewalt! Wäre ich noch ein junger Kerl, ich schnallte meinen Pallasch um, und gieng mit auf den Feind, und — — (er ballt die Faust und drohet).

Zweiter. Nu, nu — du bist doch noch immer der Brausekopf, wie in deiner Jugend. Das Konfisciren des Vermögens, die Hamelschen und Nienburgischen Karren, wollen aber den Leuten nicht gefallen.

Erster. Schlimm genug, wer sich hinein spannen läßt: und wer dem Vaterlande nicht dienen will, braucht ja auch kein Vermögen drinnen zu haben — das ist ja sonnenklar! Aber — wie gesagt, ich habe mich über unsere jungen Bursche wahrhaftig recht gefreut, sie waren so vernünftig und so gesetzt dabei, als wenn sie schon lange zur Fahne geschworen hätten.

Zweiter. Aber der — und der — und der, die sind doch nicht so ganz zufrieden.

Erster. Gott verzeih mirs! wenn erst der liebe Gott allen den Millionen Menschen das Wetter nach jedes einzelnen Willen recht machen wird, dann wird ein König auch nach jedes einzelnen Unterthanen Kopf, handeln können.

Zweiter. Man thut immer am besten, man nimmt die Umstände, wie sie kommen. —

Erster. Und vergißt nicht, daß zum Besten des Ganzen freilich mancher leiden, mancher sterben muß.

Beide. Gott erhalte den König!! Röm. 13, 1. 2.

Der Reisende und der Ackermann.
Ein Gespräche.

Der Reisende. Helf Gott, Freund! o, wäre er wol so gut, und sagte mir, welchen Weg ich von hier auf N. N. reite!

Ackermann. Herzlich gerne; Sie, lieber Herr! lassen den Wald hier immer rechter Hand liegen, halten sich dann dicht am Flusse hin: so wird Sie der Weg gerade nach N. N. hineinführen.

Reisender. Ich danke schön. Aber — er siehet ja so mißvergnügt aus, lieber Mann! ist Ihm etwas nicht recht gegangen?

Ackermann. Ach Herr, mit uns heißt es ja wol: „im Schweiß deines Angesichts sollst du dein „Brod essen." — — Da sehen Sie nur einmal her, ob Sie es noch sehen können, daß hier Kohlpflanzen gestanden haben.

Reisender. Ja, das sieht traurig aus. Wo sind sie denn hin?

Ackerm. Die schädlichen Erdflöhe haben sie abgefressen. O, warum es aber auch solch Ungeziefer auf der Erde geben muß, das uns unsrer Hände Arbeit so oft zerstört!

Rei-

Reisender. Klage er nicht, Lieber! groß und gut ist Gott in allen seinen Werken; am größten aber in dem Menschen, der sich durch seinen Verstand vor dem Schaden der Insekten sicher stellen soll.

Ackerm. Das wollte ich wol gewiß gern thun, wenn man nur etwas wider die Erdflöhe wüßte.

Reisend. Habt Ihr denn solche Mittel nicht in der Schule kennen lernen?

Ackerm. Ach ja, unser Lehrer (Gott habe ihn selig!) hat uns wol manches Nützliche gesagt, uns zum Schreiben ermuntert; aber damals dachte man noch immer — der Bauer brauche weiter nichts, als den Katechismus zu lernen.

Reisend. Nun will er vermuthlich seine Kohlsaat noch einmal säen?

Ackerm. Ja, da war ich eben bei.

Reisend. Nun, hör er: begieße, wenn er den Saamen ausgesäet hat, einmal das Land mit Heringslake, oder Sauerkohlbrühe, so werden die Erdflöhe die Pflanzen wol unberührt lassen.

Ackerm. Sollte das helfen?

Reisend. Ja! — oder sicherer noch: „nehm er „ganzen Schwefel, stoße ihn klar, mische ihn „unter Fischthran; hiermit tränket er den Saa„men, trocknet dann denselben im Schatten, „säet ihn, und er wird gesunde Pflanzen erhal„ten, und behalten.

Der

Der Ackermann that das letztere, und fand, daß der Reisende die Wahrheit gesagt, Sirach 33, 24. Ephes. 4, 25.

Die Ruhr, besonders wie die unverständigen Leute es anfangen, daß sie des schmerzhaftesten Todes daran sterben.

Die Ruhr ist eine Krankheit, die, wenn sie die Menschen nicht achten, mehr vor der Zeit ins Grab bringt, als andere Krankheiten. Sie entstehet gewöhnlich im Monat August und im Herbst.

Kennzeichen dieser Krankheit sind: heftiger Durchfall, verbunden mit Leibesschmerzen, wobei mehr weißer Schleim mit Blut, auch wol grüner und schwarzer Unrath, mit sehr widrigem Geruch, von dem Menschen gehet; endlich entstehet Stuhlzwang, d. i., ein schmerzhaftes Drängen im Mastdarm, und zuletzt der Tod.

Ursachen dieser Krankheit sind: Erkältung vom Schlafen in freier Luft, oder zur Nacht bei offenen Fenstern; ferner: der Genuß aller unreifen Gewächse, als: Baumfrüchte, Kartoffeln ꝛc. Jeder Aufschub einer Stunde bei einem vernünftigen und verständigen Arzt Hülfe zu suchen, oder wol gar durch irrige Meinung geleitet, mit Verstopfung die Krankheit zu heben, vergrößert die Gefahr.

Zu Wüstleben, einem Dorfe, trug sich es einmal zu, daß viele Leute mit dieser Krankheit befallen wurden. Nun hatten die Leute von jeher nichts auf vernünftige Aerzte gehalten, weil sie meinten, diese nähmen den Leuten nur das Geld ab; daher kam es, daß auch jetzt einige zum Dorfbarbier (Bader), andere zu einer Frau, die von jeher Menschen mit ihrer Medicin gemordet; andere zum Hirten, und noch andere gar zum Scharfrichter giengen, und wo nicht Arznei, doch aber, wie sie meinten, guten Rath mitbrachten.

Dem einen war eine rechte fette Hammelfleischsuppe angerathen; dem andern Muskatenwein; dem dritten Pfeffer in Milch gekocht; dem vierten Schießpulver, und andere sollten es sich gar versprechen lassen.

Ja, einer dieses Dorfes meinte sogar: „Böses müsse Böses vertreiben," und nahm ganz alten faulen Käse, goß Muskatenwein darauf, und trank dieses hinein.

Was geschah: — in wenig Tagen starb einer nach dem andern unter den heftigsten Schmerzen; fast kein Haus war, wo nicht ein Todter lag. Die aber ja noch mit dem Leben davon kamen, trugen unheilbare Geschwüre, lahme Glieder, oder die Wassersucht, als traurige Beweise ihres Unverstandes zeitlebens an sich. Sir. 37, 30. 38, 1-4.

Der Seidenbau.

Ein gewisser König, der für seine Unterthanen, wie ein Vater für seine Kinder sorgte, und sich herzlich freuen konnte, wenn er irgend ein Dorf, oder eine Stadt, oder wol gar eine ganze Provinz in seinem Lande glücklich gemacht hatte — denn das hatte er sich zum Gesetz gemacht, Gutes zu stiften; — dieser gute König dachte lange nach, wie er Kinder und alte Personen in seinen Staaten nützlich beschäfftigen wollte, und kam auf den Gedanken, den Seidenbau einzuführen. Da aber eine solche Einrichtung mit vielen Kosten verbunden ist, er aber seinen Unterthanen nicht gerne unnöthiger weise Kosten verursachen wollte; so ließ er auf seine eigenen Kosten einen großen Garten anlegen, in welchen eine unzählige Menge von Maulbeerbäumen angepflanzet wurden, um selbige zur Zeit unter seine Unterthanen vertheilen zu können (denn die Seidenraupe frißt nichts als Maulbeerblätter). Nun ließ er es durch gedruckte Blätter seinen Unterthanen bekannt machen, daß sie Pflanzstämmchen umsonst aus diesem Garten erhalten sollten, wenn sie Ihm zu Gefallen, sich selbst aber zum Besten, den Seidenbau durch Anpflanzung solcher Reiser begünstigen wollten. Einige von seinen Unterthanen scheueten die Mühe, etwas Neues zu lernen; viele aber nahmen das Anerbieten ihres guten Königs an, und verbesserten nach Verlauf we-

niger

niger Jahre, sogar durch den Seidenbau ihre Vermögensumstände.

Alles, was auf eine rechtmäßige Weise deine Umstände verbessern kann, das suche zu betreiben.

Klebe nicht zu sehr an dem Alten, denn auch das Neue kann dir nützlich werden, Sirach 10, 1. 2. 3. 14, 6.

Der bettelnde Gärtner.

Der Gärtner, der in einem Dorfe vor einem Hause ans Fenster klopft, und sagt: „ein armer, „abgedankter Gärtner! theilen sie ihm doch aus „Barmherzigkeit einen Zehrpfennig mit! der „liebe Gott wird es ihnen wieder vergelten!

Der Hauswirth. Ei, er mag mir der rechte Gärtner seyn! Wenn er was gelernt hätte, brauchte er nicht herum zu gehen, und sein Brod zu betteln. Geh' er nur weiter!

Gärtner. O Herr! der Eigensinn kann oft den Menschen bei aller seiner Kunst ins Verderben stürzen: das ist der Fall bei mir. Seyn sie so gütig, theilen sie mir etwas mit!

Hauswirth. So verstand' er doch was?

Gärtner. Das kömmt auf eine Probe an.

Hauswirth. Nun! giebt er mir Rath wider den Salatwurm: so soll er sich heute nicht nur bei mir satt essen, sondern ich will ihm auch Geld, und einen Großendank noch dazu geben.

Gär-

Gärtner. Das ist eine Kleinigkeit. Bringen sie nur nie vor dem Winter frischen Dünger in den Garten, sondern im December, wenn es schon stark frieret, und lassen sie den Dünger gleich aus einander werfen. —

Hauswirth. Ho, ho! wieder was Neues!

Gärtner. Lassen sie sich nur sagen. Die Larve des Maikäfers (Severke, Eckerdorre), vielmehr aber die des Roßkäfers (Scharnobbe, Scharrweges) ist der Mörder der schönsten Pflanzen. Diese Thierchen haben die Gewohnheit, ihre Eier in frischen Mist zu legen. —

Hauswirth. (aufmerksam) Nun?

Gärtner. Sie scharren sich ein ziemlich tiefes Loch in die Erde, legen unten hinein ein Klümpchen frischen Mist, und oben darauf ihre Eier.

Hauswirth. (noch aufmerksamer) Das wäre!

Gärtner. In seinem Wurmstande zehret es davon, bis es gegen die Zeit seiner letzten Verwandlung höher herauf gehet, die jungen Wurzeln, die ihm aufstoßen, verzehret, und endlich als wahre Scharnobbe sich zu Tage arbeitet.

Hauswirth. Auf die Weise dürfte man gar keinen Mist in den Garten bringen.

Gärtner. Allerdings! nur im December, wenn es hart frieret. Alter, durch Frost, Schnee, Regen und Wind ausgewitterter Mist, ist ihre Kost nicht, sondern frischer.

Haus-

Hauswirth. Ich will es probieren. Nützet es nicht, so kann es auch nicht schaden. Komm er herein in die Stube. (Der Gärtner wird gespeißt, bekommt Geld, und geht).
Gärtner. Gottes Lohn! übers Jahr sprechen wir uns wieder.

VI.

Versuch einer Katechisation über die bürgerliche Freiheit.

Wo der Fürst die Gesetze ehrt,
Sie Andern, durch sein Beispiel halten lehrt,
Und seine Unterthanen liebt als Brüder;
Wo Freiheit und Verstand nicht fehlt,
Und Biedersinn ein jedes Herz beseelt:
Auf dieses Land strömt Heil und Segen nieder.

Kinder, welches ist die höchste Person in unserm Lande? Der Churfürst. Warum ist der Churfürst da? — Oder was ist dessen Zweck? Daß er das Land beschützen, und dessen Wohlfahrt befördern soll. Und was sind wir ihm daher schuldig? Liebe und Gehorsam. Wenn also der Churfürst eine Verordnung, oder Anstalt im Lande macht, wessen Wohlfahrt sucht er dadurch zu befördern? Seiner Unterthanen Wohlfahrt. Dieses muß immer die

Hauptabsicht eines jeden guten Landesfürsten seyn. Was müssen nun aber die Unterthanen thun, wenn eine Verordnung ins Land ergeht? Sie müssen dieselbe befolgen. Und dieß will auch der liebe Gott haben, Tit. 3, 1. Erinnere sie, daß sie ꝛc. 1 Petr. 2, 13. Seyd unterthan aller menschlichen ꝛc. — Würde aber wol die beste Verordnung, die gegeben, die beste Anstalt, die gemacht würde, ein Land glücklich machen, wenn man sie nicht befolgen wollte? Nein! sie würde es nicht glücklich machen. Was sind das für Unterthanen, die die Verordnungen ihres Landesfürsten nicht befolgen? Böse Unterthanen. Warum denn böse? Weil sie sich an Gott, als auch ihren Nebenmenschen versündigen. Wie versündigen sich die bösen Unterthanen an Gott? Weil er befohlen hat, der Obrigkeit gehorsam zu seyn, Röm. 13, 1. 2. Jedermann sey ꝛc. Was droht er denjenigen, die dieß nicht thun? Sie werden über sich ein Urtheil empfahen. Das heißt: sie sollen mit einer ihren Verbrechen angemessenen Strafe belegt werden. An wem versündigen sich die bösen Unterthanen ferner? Auch an ihren Nebenmenschen. Wie da? — Wird wol etwa dadurch die öffentliche Ruhe und Sicherheit gestört? Allerdings! Also darf man in einem Staate, oder Lande nicht thun, was man will? Nein, das darf man nicht. — Was darf man denn nur thun? Nur das, was die Gesetze erlauben. Also sind wir wol gar Sklaven der Gesetze? O nein!

War-

Warum denn nicht? — Ich muß ja nach den Gesetzen handeln? — — — — Wollen denn die Gesetze Böses oder Gutes? Sie wollen Gutes. Was nennst du gut? Was den Gesetzen gemäß, allen nützlich ist. Und welche Menschen wollen gleichfalls auch das Gute? Die guten Menschen. Können also wol die guten Menschen Sklaven der Gesetze seyn? Nein, sie könnens nicht seyn. Und warum nicht? Weil sie selbst das, was die Gesetze gebieten, wollen. Was sind aber Gesetze? Es sind Vorschriften, wodurch das Gute befördert, und das Böse oder Schädliche verhindert wird. Da nun die guten Menschen das Gute befördert wissen wollen; was können sie auch nicht seyn? Nicht Sklaven der Gesetze. Und dahin geht auch der Spruch des Apostels, 2 Cor. 3, 17. Wo der Geist des Herrn ist, da ist Freiheit. Was heißt das, wo der Geist des Herrn ist? Wo man die Lehre Jesu recht kennt und befolgt. Und wer befolgt die Lehre Jesu? Die guten Menschen. Und wo die Lehre Jesu befolgt wird, was ist da? Da ist Freiheit. Was ist aber Freiheit? Sie ist das Vermögen vernünftig zu handeln. Was heißt das: vernünftig handeln? Die besten Mittel zu edlen Absichten gebrauchen. Können aber wol vernünftige Gesetze wider die Freiheit streiten? Nein, gewiß nicht. Warum nicht? — Was wird durch die Gesetze befördert? Das Gute.

Sie

Sie sind also die Mittel zum Guten. Kann daher eine verbundene Gesellschaft zu einem Staat, ohne Gesetze bestehen? Nein, sie kann nicht bestehen. Was würde Freiheit ohne Gesetze seyn? Tollheit und Zügellosigkeit. Wa ist aber wahre Freiheit? Da, wo man bloß nach vernünftigen Gesetzen handelt. Und wer muß die Gesetze geben? — Wer giebt sie in unserm Lande? Der Churfürst. Dieser hat nun noch Ministers und Räthe, welche bei dergleichen Gesetzen mit zu Rathe gezogen werden, um mit ihnen dieselben recht ernstlich zu überlegen. Die Freiheit, lieben Kinder! ist aber zweierlei: 1) Bürgerliche, und 2) Religionsfreiheit. Jetzt wollen wir nur bloß von einer, der **bürgerlichen** reden; weil es in den jetzigen Zeiten so viele Menschen giebt, die davon reden; damit ihr euch nicht auch etwa, wie es leider! in manchen Ländern hergegangen ist, irre führen lasset. Die bürgerliche Freiheit ist aber: **das Vermögen, vernünftigen Gesetzen im Staat gemäß zu handeln.** — Wer bestimmt also den Grund der wahren Freiheit? Die Gesetze. Müssen aber nur bloß die Unterthanen den Gesetzen gehorchen? Nein, auch der Fürst und andere Obrigkeit. Ja, auch diese müssen ihre Handlungen nach den Gesetzen einrichten. — Wa Menschen bei einander leben, da müssen Gesetze seyn, und zwar — wer kann es sagen? Weil sie die Menschen sichern und glücklich machen!

Aber

Aber wie? — wenn mir die Gesetze zum Nachtheil gereichten? Ich müßte doch darnach handeln. Warum da noch? — — — Muß ich im Lande nur bloß auf meine eigene Wohlfahrt sehen? Nein, sondern auch auf Anderer. Und wenn die Gesetze nun Andern zum Nutzen da wären? Da müßte ich ihnen dazu behülflich seyn. Und was müßte ich deshalben auch gern ertragen? Einen geringen Verlust, oder Schaden. Warum muß ich also denjenigen Gesetzen gehorchen, die mir auch in etwas zum Nachtheil gereichen? Weil sie Andern nützen. Und weil wir als Bürger eines Staats, einer des andern Wohl befördern sollen. Dieß gebietet die allgemeine Menschenliebe, Matth. 22, 37. Du sollst 2c. desgleichen Philip. 2, 4. Ein jeglicher sehe 2c. — Darf ich also wol dergleichen Gesetze tadeln? Nein, das darf ich nicht thun. Gehört dies nicht zur Freiheit? Nein, wol nicht. Da würde ich zu erkennen geben, daß ich nicht die Freiheit; sondern meine eigene Sache behauptete, und also nicht vernünftigen Grundsätzen gemäß handelte. Habt ihrs gemerkt! Welche Menschen können nur frei seyn? Nur die guten Menschen. Und zwar — — Weil sie nur wollen, was die Gesetze wollen. Worzu gebrauchen aber auch die guten Menschen die Freiheit? Bloß zum Guten. Warum können aber die bösen Menschen nicht frei seyn? Weil sie nur Böses wollen. Und wer verbietet dieses? Die Gesetze.

Es ist daher für die Wohlfahrt eines Staats sehr gut, daß die Bösen durch die Gesetze gebunden werden; denn wenn dieses nicht wäre: so würden in demselben viel Unruhen und Zerrüttungen entstehen. Könnte wol da ein Staat glücklich seyn? Ach nein! Was würden solche Menschen über einen Staat verbreiten? Elend und Unglück. Ihr seht also, lieben Kinder! daß es gewiß sehr gut ist, daß solchen Menschen durch die Gesetze, und mit der, in denselben gedrohten Strafe, Einhalt gethan wird. — Gewöhnt euch daher, schon in eurer Jugend immer Gutes zu wollen: so wird es euch hernach bei reifern Jahren leicht seyn, den Gesetzen zu gehorchen. Dann werden sie euch kein Joch scheinen, wodurch ihr geleitet werden müsset; sondern nur ein sanftes Leitband, daß euch zur wahren Glückseligkeit führet. Ihr werdet den Zwang derselben nicht fühlen, und Freiheit wird euch in allen euren Handlungen beseelen. —

Freiheit, lieben Kinder! ist gewiß von unschätzbarem Werth, und ein jedes Geschöpf strebet mit allen Kräften nach derselben. Und welches sollte besonders der Menschen heißester Wunsch seyn? Auch frei zu leben. Ist denn der Mensch von Gott geschaffen, um eines andern Sklave zu seyn? Nein, darzu wol nicht. Sklaverei, lieben Kinder! heißt: Wenn man in einem Zustande lebet, wo das Vermögen, vernünftig zu handeln, gehemmt wird. Schon das Thier strebet nach Freiheit, und trägt nicht ohne Zwang die Fesseln, die es binden, und wer hat ihm dieses Streben in die Natur gelegt? Der gütige Schöpfer. Was thut der Vogel, wenn er aus dem Bauer kommen kann? Er fliegt fort. Und die andern Thiere, — o, wie hüpfen und springen sie, wenn sie die Ketten nicht fühlen! Und wer ist besser als Thier und Vogel? Der Mensch. Warum? was hat er für Vorzüge vor jenen? Verstand und Vernunft. Was ist der Verstand? Das Vermögen und die Fähigkeit meiner Seele, zu erkennen, was wahr, falsch, gut oder böse ist. Was ist die Vernunft? Die Fähigkeit, jede Sache von einer andern zu unterscheiden. Oder: Sich von einer jeden Sache richtige Begriffe zu machen. Kann dieß ein Thier auch thun? Nein. Nun, was soll der Mensch mit diesen Vorzügen, vom gütigen Schöpfer begabt, thun? Nachdenken, und überlegen, was Gut oder Böse ist. Da nun der liebe Gott die Menschen nicht zu Sklaven geschaffen hat; aber jemand seinen Verstand darzu anwenden wollte, Andere zu unterdrücken, brauchte ein solcher seinen Verstand wol den Absichten Gottes gemäß? Nein, da nicht. Was sind alle Menschen unter einander? Brüder und Schwestern. Dürfen denn die sich einander unterdrücken? Nein, das steht nicht fein.

Und wenn es nun doch einer thun wollte, was würde dieser von sich zu erkennen geben? Daß er besser wäre, als die übrigen seiner Geschwister. Und er wäre denn ein Räuber ihrer Freiheit. Ueber was wollte der liebe Gott, daß die Menschen herrschen sollten? 1 Buch Mos. 1, 26. Ueber Fische, Vögel und andere Thiere. Wer hat sich aber die Herrschaft über die Menschen vorbehalten? Der liebe Gott selbst. Und daraus kann man schließen, daß sich die Menschen alle gleich sind, und keiner zur Sklaverei, oder Knechtschaft bestimmt sey. — Also brauchen wir wol auch keine Fürsten; weil der liebe Gott über uns herrschen will? O ja! wir brauchen ihrer doch. Nun, warum denn? — —
— — Sind denn alle Menschen in einem Staate gleich verständig und weise? Nein, sie sinds nicht. Wie kommt denn das? Weil sie ihren Verstand nicht ordentlich zu gebrauchen wissen. Wenn nun so viele Menschen in einem Staate ohne richtigen Verstand handeln, kann er da wol bestehn? Nein, er kann nicht bestehn. Was muß nothwendig in einem solchen Lande einreißen? Große Unordnung. Wer sorgt nun im Lande dafür, daß dieses nicht geschieht? Der Fürst. Warum sind also die Fürsten wol nöthig? Weil sie aller Unordnung, die in einem Lande vorfallen könnten, vorbeugen. Und weil sie gleichsam die Führer ihrer Unterthanen sind. Wie nennt man daher die Könige und Fürsten auch? Väter, Führer, Rathgeber, Aufseher,

Für-

Fürsorger und Hirten. Ein Fürst, der seinen Unterthanen dieß ist, ist der wol unnöthig? Nein, gewiß nicht. Was sollen aber Fürsten für ihre Unterthanen nicht seyn? Keine Tirannen. Was heißt das? Solche, die die allgemeine Menschenliebe aus den Augen setzen. Oder solche, die für ihre Unterthanen nicht Führer, Rathgeber, Aufseher und Fürsorger sind; sondern die bloß für sich, glauben da zu seyn, und ihre Unterthanen durch allzu harte Bedrückungen, ganz in Staub beugen, und die Rechte der Menschheit mit Füßen treten. Daß dieses unser theurer Churfürst nicht ist, sieht man recht gut aus den herrlichen Verordnungen, die er zum Besten seiner Unterthanen bisher immer gemacht hat, und gewiß auch künftighin noch machen wird. — Suchet ihr, lieben Kinder! nur auch immer besser und verständiger zu werden, damit man euch nicht das Joch der Sklaverei auflegen muß; wodurch ihr dann die ganze Menschheit entehrt; sondern sucht durch fleißiges Schulgehn und Lernen eurem Verstande die gehörige Richtung zu geben: damit ihr das Gute immer mehr und mehr erkennen lernet, und auch bei andern in Uebung bringen möget. —

Freiheit, meine Lieben! wünscht gewiß jeder Mensch der vernünftig denkt, denn sie bringt ihn täglich seiner Vollkommenheit näher. — Wenn der Mensch seinen Verstand recht gebraucht, und fleißig nachdenkt, nimmt er da ab, oder zu? Er nimmt zu. Und wozu wird der gute Mensch seinen Verstand anwenden? Zu allem Guten. Wird er nur bloß auf das denken, was ihm gut ist? Nein, sondern auch was andern gut ist. Und der Gedanke: auch seinen Nebenmenschen Gutes zu thun, wird ihn gleichsam recht anstrengen, seinen Verstand recht zu gebrauchen. — Aber würde das ihm wol was helfen, wenn er es nicht ausüben dürfte? Nein, es würde ihm nichts helfen. Und was würden die Folgen davon seyn? Es würde Niemand mehr über etwas nachdenken. Würde sich ein Land wol glücklich dabei befinden? Nein, wol nicht. Was würden wir da entbehren müssen? Vieles von unsrer irdischen Glückseligkeit. Und wie würde es mit unsern Geisteskräften werden? Sie würden statt sich zu vervollkommnen, eher abnehmen. Was hat also die Freiheit in Ansehung unsers Geistes für Nutzen? Er kann sich vervollkommnen. Sehet, lieben Kinder! durch die Freiheit bekommt der menschliche Geist gleichsam täglich neues Leben, und kömmt dadurch dem Ziele immer näher, wozu er vom gütigen Schöpfer bestimmt war. Er scheut keine Hinderniß, er weiß, daß dadurch befördert wird — wer weiß es zu sagen? — Die Glückseligkeit des Staats und seiner Nebenmenschen. Würde er, wenn er Sklav wäre, sich auch so emsig im Nachdenken zum Wohl seiner Nebenmenmenschen üben? Das würde er nicht thun. Wie viel würde er wol Gutes thun? So viel als er thun müßte. Und warum würde er dieses noch thun? Um der Strafe dadurch zu entgehen. Und wofür würde er die Großen dieser Erden halten? Für seine Tirannen und Peiniger. Würde er sie da lieben können? Nein, er würde sie hassen. Und wie lange würde er nur das gezwungene Gute thun? So lange er unter ihrer Aufsicht wäre. Wie nennt man diejenigen, die nur vor den Leuten Gutes thun? Heuchler. Zu was kann also die Sklaverei die Menschen machen? Zu Heuchlern! Ja wohl! Was darf also in einem Staate nicht fehlen, wenn diese und ähnliche Laster nicht so über Hand nehmen sollen? Die Freiheit. Nur wo diese ist, lieben Kinder! da leben die Menschen als Menschen, und lieben sich wie Brüder und Schwestern, und zeigen dieses in allen ihren Handlungen. Nur da werden große und edle Gesinnungen erzeugt, und einer feuert den andern zu guten Thaten an. — Und dieses, lieben Kinder! haben wir ja im vorigen Jahr an den Einwohnern unsers lieben Vaterlandes, gesehen, und es auch in unserm Dorfe, nicht ohne Rührung, bemerkt, was sie vor gute und menschenfreundliche Handlungen an unsern Mitbrüdern, die am Rhein gegen die Franken im Felde standen, gethan haben! — Was kann also auch ferner die Freiheit in einem Staate befördern? Wohlthätigkeit und Menschenliebe.

Und

Und dieß nennt man mit andern Worten Tugend. Kann denn ein Sklav nicht auch tugendhaft seyn? Nein, er kanns nicht recht seyn. Warum nicht? Er gehorcht ja auch, und verrichtet seines Gebieters Befehle? Warum thut er dieß? Aus Furcht vor der Strafe. Wie muß man aber die Tugend ausüben? Freiwillig und aus Neigung. Warum kann also ein Sklav nicht tugendhaft seyn? Weil er sie nicht aus Neigung und Liebe, sondern aus Zwang that. Aber er unterläßt ja sehr viel Böses — hat er denn Abscheu davor? Nein, sondern bloß aus Furcht vor der Strafe. Was würde geschehen, wenn diese Furcht nicht wäre? Er würde das Böse ungescheut thun. Wo erscheint die Tugend aber nur in ihrem höchsten Glanze? Da, wo Freiheit ist. Freiheit ist also auch ein Mittel, die Menschen tugendhaft zu machen. — Wird, wenn der Mensch, unter dem Druck der Sklaverei schmachtet, er sich auch um das öffentliche Wohl des Staats bekümmern? Nein, das kann er nicht. Ja, lieben Kinder! sein Geist ist viel zu tief gebeugt, als daß er sich damit beschäfftigen könne. Was ist also wol die Ursache, wenn ein Staat nicht so im Flor und Wohlstande blüht, als der andere? Der Druck der Sklaverei. Und was müßte aus einem Staate entfernt werden, wenn er sollte in Wohlstand gebracht werden? Die Sklaverei und der Zwang. Die Menschen müßten frei handeln, frei wirken können, so weit es vernünftige Gesetze er-

erlaubten, und nur dadurch gelangt der Mensch, als Mensch zu seiner Würde. Und worin besteht diese? Daß er nachdenkt, wählt, und alles dasjenige thun darf, was er für das Beste hält, und was keinem schädlich ist. Kann das der Sklav thun? Nein, das kann er nicht. Warum nicht? — Was hindert ihn daran? Seine drückende Leiden. Für wen lebt und webt er blos? Für den Willen seines tirannischen Herrn. Er ist im Staate weiter nichts als eine Maschine, die sich von andern bewegen läßt, aber nicht mehr thut, als ihr Beweger will. Ganz anders verhält es sich mit dem freien Menschen. Er wirket in einem fort, und bestrebt sich mit ganzer Seele, als ein Mitglied des Staats, das Seinige redlich mit beizutragen. Und warum thut er dieses? Weil er an dem Wohl des Staats mit Antheil nehmen darf. Und folglich das Glück des Staats auch sein Glück macht. Kommt denn das Glück eines Staats den Sklaven nicht auch zu gute? Nein. Warum nicht? Weil alles, was im Staate ist, ja, sein eigen Leben, ihm nicht gehört. Für wen muß also der Sklav seine Kräfte, ja, sein ganzes Leben aufopfern? Nur allein für andere. Kann er sich daher wol seines Lebens freuen? Nein, er kann es nicht. Für was muß er sonach sein Leben ansehn? Für eine Strafe. Aber der Freie schmeckt und genießt die Süßigkeiten seines Lebens doppelt. Alles, was er hat, was er durch sein Nachdenken,

E 3 durch

durch seinen Fleiß erworben hat, wem gehört das?
Es ist sein Eigenthum. Nicht dem tirannischen
Herrscher oder seinen Dienern. Und was hat er,
so lange er den Gesetzen nicht zuwider lebt, nicht zu
befürchten? Daß ihm solches durch kein gewaltsa-
mes Mittel entrissen werde. Und hat also sein Leben anzusehn? Für eine Glückseligkeit. Denn was
kann er durch sein ganzes Leben um sich verbreiten?
Viel Gutes. Und wer hat dieses Gute noch nach
seinem Tode zu genießen? Seine Kinder, und
Nachkommen. Zu was für Menschen wird der
Freie wol seine Kinder erziehen? Zu guten Menschen. Oft, lieben Kinder! werden dem Sklaven
seine Kinder genommen, und er darf nicht einmal
sauer darzu sehn. Freuet euch daher, meine Lieben! daß ihr in einem Staate geboren seyd, wo wahre Freiheit wohnet, und daß ihr von euren Aeltern
zum Guten könnt erzogen werden. Folget nur treu
den Gesetzen, und sucht durch Rechtschaffenheit, diese nicht als Strafe oder Zwang, sondern als eine
zur Glückseligkeit des Staats unentbehrliche Wohlthat zu betrachten.

Darf ein Mensch den andern im Genusse der
Freiheit stören? Nein, das darf er nicht. Warum denn nicht? Weil er sonst den Absichten Gottes
zuwider handelte. Wie denn das? Weil Gott den
Menschen als ein freies Geschöpf in die Welt gesetzt

setzt hat. Ist dieß also ein guter Mensch, wenn er seine Nebenmenschen zu unterdrücken sucht; oder sie bei ihren Rechten kränkt? Nein, er kann es nicht seyn. Wer dieses thut, verräth die niedrigsten Gesinnungen, und wäre werth, daß man ihn selbst als einen Sklaven behandelte. Welcher Mensch soll aber die Freiheit zu befördern suchen? Ein jeder Mensch. Hauptsächlich sollen es die Großen dieser Erde thun. Insbesondere aber Lehrer und Prediger, und wüßt ihr, wodurch sie solches bewerkstelligen können? Durch ihren Unterricht. Wie kann das geschehen? Indem sie ihre Zuhörer, zu guten Menschen zu machen suchen. Und ihnen die Pflichten gegen den Fürsten und Obrigkeit, wie auch gegen die Gesetze, recht einzuprägen suchen; damit sie sich in allen Stücken nach denselben richten mögen, und die Gesetze gern ausüben. Und wenn man eine Sache gerne thut, ist sie da schwer oder leicht? Sie ist leicht. Wie sagt daher der Apostel Johannes 1 Joh. 5, 3. von den Geboten Gottes? Das ist die Liebe zu Gott, daß wir seine Gebote halten, und seine Gebote sind nicht schwer. Wem sind die Gebote leicht zu halten? Wer sie gerne ausübt. Welches war — habt ihrs gemerkt — der Grund der bürgerlichen Freiheit? Die Beobachtung der Landesgesetze. Und was wird dadurch befördert? Die Glückseligkeit des Staats. Wer darf aber an dieser Glückseligkeit Antheil nehmen? Nur die guten

ten Menschen. So werdet denn auch ihr recht gut und verständig, lieben Kinder! und lebet gern nach den Gesetzen des Landes. Suchet besonders in eurer Jugend euch schon darzu zu gewöhnen. Werdet gute Christen, und lernet auch eure Lüste und bösen Begierden bekämpfen, und übet euch, sie zu beherrschen. Befolget die Gebote Gottes, und thut alles gerne, was sein guter Wille von euch fordert: so werdet auch ihr einmal glückliche Menschen werden! — *)

Gottlob Rausch,
Schulmeister in Tagewerben, im Monat Jul. 1794.

VII.

*) Wenn man auch nicht in Absicht der Bestimmung jedes einzelnen Begriffes in vorstehender Katechisation mit Hrn. R. einig seyn sollte: so wird man doch das Ganze gewiß werth finden, zur Nachahmung für Andre, hier mitgetheilt zu werden. Mir wenigstens ists um so mehr Freude, meine Leser mit einem so geschickten und würdigen Schulmann, den vielleicht schon manche, durch Hrn. D. Hufnagels Schrift: für Christenthum, Aufklärung und Menschenwohl (2n Bdes, 2r Heft) kennen, noch mehr bekannt zu machen, da auch das Oberkonsistorium zu Dresden bei Gelegenheit der vor zwei Jahren geschehenen öffentlichen Bekanntmachung für die Schullehrer in Sachsen, laut welcher derjenige, welcher die beste und zweckmäßigste

Ka-

VII.
Schulneuigkeiten.

1) Ausführliche Nachricht von der gegenwärtigen Einrichtung der Freischule in Leipzig. Michaelis 1794. *).

„Um gute Bürgerschulen zu haben, ist es bei weitem noch nicht genug, einen Plan zur Grundlage an-

Katechisation über die Worte: „Die so Gott fürchten, halten ihren Regenten in Ehren," einschicken würde, eine Preis-Medaille erhalten sollte, demselben diesen Preis zuerkannt hat.
A. d. H.

*) Ich habe bei dieser Nachricht den, von dem Hrn. Direkt. Plato entworfenen Schulplan, welcher 1793. unter dem Titel: Kurze Nachricht von der Einrichtung der Freischule in Leipzig erschienen ist, zum Grunde gelegt, und die seitdem gemachten Veränderungen, hinzugefügt. Die vollständige Kenntniß, die ich mir auf mehrere Art und Weise von dieser Schulanstalt zu verschaffen gesucht habe, bürgt für die Aechtheit dieser Nachricht. Was ich darin wörtlich aus der gedruckten Nachricht beibehalten habe, ist durch „ " bemerkbar gemacht worden.
A. d. Einſ.

Gewiß werden Schulfreunde diesen Aufsatz nicht nur mit Vergnügen, sondern auch mit Nutzen lesen, da

anzunehmen; es werden auch fähige Männer erfordert, die ihn glücklich ausführen können. Männer, die weder maschinenmäßig, nach alter hergebrachter Sitte ihr Tagewerk auf Gerathewohl treiben, ohne jemals über die Seelenkräfte der Kinder, und deren glückliche Entwickelung, nur etwas gelesen oder nachgedacht zu haben; noch solche, die vom Alter, und dem meistens damit vergesellschafteten mürrischen Wesen, kränklichem Körper und allzugroßer Bequemlichkeitsliebe, verhindert werden, Erzieher und muntre Lehrer der frohen raschen Jugend seyn zu können."

"Als dieser Versuch zu einem Plane, der von E. E. und Hochw. Rathe in Leipzig gestifteten, und seit dem 16ten April 1792. eingerichteten Freischule damals auf Befehl entworfen wurde: so dachte man sich unter den vier anzustellenden Lehrern, Männer, bei welchen man schlechterdings meh-

da derselbe voll von den fürtrefflichsten pädagogischen Winken, Maximen und Grundsätzen ist, die um so mehr beobachtet zu werden verdienen, da sie bereits bei dieser Anstalt in Praxi angewandt, und durch Erfahrung bewährt sind. Also nicht Gedanken, Wünsche, Vorschläge — sondern wirkliches, realisirtes Gute, enthält nachstehende Nachricht, die einem jeden Wohlgesinnten gewiß den Wunsch abdringen muß: daß es an mehrern Orten so sey, oder bald so werden möge, als wir es hier finden.

A. d. H.

mehrere Kenntnisse und Fertigkeiten zuversichtlich voraussetzen dürfe, als diejenigen sind, welche alltägliche Schulmeister zu haben pflegen. Und in der That, soll eine Bürgerschule Sittlichkeit und Menschenwohl, besonders der letzten Klasse, sichtbar befördern und ganz gemeinnützig werden: so werden Lehrer erfordert, die nicht nur selbst von dem Werthe und der Wichtigkeit dieses Amtes ganz überzeugt, das, was ihnen Plan und Methode vorschreibt, aus eigener Neigung geschickt ausführen; sondern die auch mit unermüdetem Eifer selbst an der täglichen Vervollkommnung eines solchen Werks gemeinschaftlich arbeiten, Vorschläge und Erinnerungen annehmen, und die etwanigen Lücken des Plans — die öfters nur erst bei der Ausführung desselben entdeckt werden — theilnehmend mit verbessern helfen. Es ist deswegen sehr zu wünschen, daß diese Männer weder durch Jahre, noch durch Denkungsart zu sehr von einander entfernt sind, weil auf diese Weise die vertrauliche Mittheilung gegenseitiger Erfahrungen und Kenntnisse, und der so nützliche theilnehmende Wetteifer, als an einem gemeinschaftlichen Werke, gänzlich wegfallen würden. Im Gegentheil könnte man sicher darauf rechnen, daß alle mit patriotischem Eifer und edlem Ehrgefühle ihre Klassen besorgen, und einander gleichsam freundschaftlich in die Hände arbeiten würden."

Die-

„Diese Männer, dürfen ferner, nebst einer natürlichen Lehrgabe, nicht unbekannt seyn mit den vortrefflichen, dahin abzweckenden Schriften eines von Resewitz, Villaume, von Rochov ec., sie müssen sich bereits einige praktische Fertigkeit, durch eigene Uebung, nach diesen Grundsätzen erworben haben, so, daß sie nicht nur im Stande sind, das entbehrliche von dem unentbehrlichen, das gemeinnützige von dem minder nützlichen, mit beständiger Hinsicht auf diese Klasse des Bürgerstandes, richtig und genau zu trennen, sondern welche auch vorzüglich die Bildung des Verstandes und die des Herzens genau mit einander zu vereinigen wissen, und so, die fast in allen Schulen so sehr vernachläßigte Sittlichkeit in den Herzen ihrer jungen Mitbürger anzuregen und zu bevestigen suchten."

„Aber Kinder, die veredelt, und zur Weisheit und Tugend angeführet werden sollen, müssen auch nicht, wie gewöhnlich, sklavisch und niederträchtig behandelt, und mit barbarischen, die Menschheit entehrenden Strafen belegt, sondern mit Liebe, Vernunft und kluger Disciplin geleitet werden."

Um die der Freischule anvertrauten Kinder zur Tugend und Sittlichkeit in und außer der Schule zu gewöhnen: so wird viel auch auf äußerlichen Wohlstand, Zucht und Ehrbarkeit gehalten. Uebereilungen und Fehler werden gern verziehen, aber nie erwiesene Bosheiten und vorsetzliche böse Handlungen. Zur Erreichung dieses wichtigen Endzwecks sind alle

und

und jede körperliche, und andere zwecklose Strafen, gänzlich von dieser Anstalt entfernt. Und diese Anstalt kann jedermann belehren, daß die andern zureichen. „Denn Schläge verursachen bei Kindern die meiste Erbitterung, und machen, oft wiederholt, wirklich sklavische Seelen."

„Je n'ai vu d'autres effets, sagt Montagne, des verges, si non de rendre les ames plus laches et plus malicieusement opiniatres. Ferner dürfen und müssen nur eigentlich moralischböse Handlungen bestraft werden, z. B. Beleidigungen anderer, Lügen, Beraubungen, Betrügereien, Unsittereien ꝛc. Uebereilungen hingegen, welche niemanden beschädigen, können kein Gegenstand positiver Strafen seyn; und fortgesetzter Unfleiß muß sich eigentlich, durch kluge unvermerkte Veranstaltung des Lehrers, selbst bestrafen, weil außerdem dem Kinde das Lernen verhaßt gemacht wird."

Die, bei dieser Schule gewöhnlichen Strafen sind gewisse mit angemessenen Inschriften versehene öffentliche Bänke, welche verschiedene Stufen nach Verhältniß der Vergehungen haben.

Im Gegentheil sucht man auch die Fleißigen und Tugendhaften durch verschiedene zweckmäßige Belohnungen in ihrem edlen Eifer zu bevestigen und aufzumuntern *). Jeder Lehrer hält in seiner

Klasse

---

*) Bei der öffentlichen Prüfung, die allemal Ostern gehalten wird, werden an die Gesittetsten und

Fleißig-

Klaſſe ein genaues Manual, über täglichen Fleiß, Ordnung und Aufführung eines jeden Kindes, welches am Schluße jedes Monats benutzet wird. Die ganze Disciplin aber, welche die genaue Beobachtung der Zöglinge bisher dem Direktor selbſt an die Hand gegeben hat, hier zu beſchreiben, würde viel zu weitläufig ſeyn. Doch dieſes muß noch erwähnt werden, daß die Lehrer nicht nur für ihre beſſere Sittlichkeit und gute Aufführung in den Schulſtunden ſorgen; ſondern der Direktor und die Lehrer ſich auch alle mögliche Mühe geben, von dem häuslichen Betragen und öffentlichen Verhalten der Kinder, die genaueſte Nachricht einzuziehen, um ſie auch hier zu geſitteten und beſſern Menſchen zu bilden. Es werden auch zu-

Fleißigſten, von dem Verſteher der Schule, Prämien an Gelde ausgetheilt. Die übrigen Belohnungen beſtehen in ſolchen Dingen, dadurch einem oder dem andern nothwendigen Bedürfniſſe abgeholfen wird, als Hemden, Tücher, Rechentafeln, Scheeren ꝛc. Ganz arme Kinder werden auch bekleidet von dem Gelde, das Sonntags in einer Büchſe, die bei dem Eingange in den Betſaal angebracht iſt, einkommt, und das einzig und allein zu dieſer Abſicht beſtimmt iſt. Ueberdieß hat ſich beſonders ein hieſiger Studierende, aus Amerika, dadurch um dieſe Anſtalt verdient gemacht, daß er einen großen Theil arme Kinder hat bekleiden laſſen.

A. d. Einſ.

zuweilen, Sonnabends um halb 11 Uhr, einige der nöthigsten Verhaltungsregeln vorgelesen. Dieß geschieht allemal mit einer gewissen Würde und Feierlichkeit, um auch dadurch in den jungen Gemüthern einen wohlthätigen Eindruck hervorzubringen. Begehen Kinder aus dieser Anstalt außer der Schule solche strafbare Handlungen, die nicht vor das Forum der Schuldisciplin gehören, so werden sie der Polizei übergeben. Wobei von Seiten dieser die menschenfreundlichste Unterstützung durch die vortrefflichen Veranstaltungen des *verehrungswürdigen Herrn Vorstehers*, geleistet wird *).

„Daß

---

*) Jedoch hat man jetzt nicht mehr nöthig, zu diesem letzten Hülfsmittel seine Zuflucht zu nehmen, weil das gute Beispiel der ältern Mitglieder dieser Schulanstalt, auch in dieser Rücksicht, sehr wohlthätig auf die jüngern wirkt, und selbst bei manchen Aeltern, in denen noch nicht alle Empfänglichkeit und alles Gefühl für Moralität ganz erstorben ist, die an ihren Kindern bemerkte bessere Aufführung ꝛc., nicht ganz ohne Wirkung für ihre eigene Moralität zu seyn scheint, so, daß sie sich aus einer gewissen Schaam für ihre Kinder, abhalten lassen, durch ein böses Beispiel ihre Kinder zum Bösen zu reizen. Manche Aeltern sind wirklich durch ihre besser unterrichteten Kinder, moralischer geworden. Theils haben hierzu die Bücher, daraus ihnen die Kinder zuweilen Etwas vorlasen, theils ihr Wieder-

„Daß eine allzu große Anzahl von Kindern, welche gemeinnützig und nicht mangelhaft unterrichtet werden sollen, einer Schule mehr Nachtheil als Vortheil gewähret, ist außer allem Zweifel. Eine Klasse von 50 Kindern erfordert schon einen sehr thätigen Mann, wenn er allen gleich nützlich werden will. Und doch ist dieses, bei den oft sehr ungleichen Fähigkeiten der Kinder, fast unmöglich. Nicht zu gedenken, daß vielleicht viel schwere oder stupide Köpfe darunter sind, die doch auch nicht vernachläßiget werden sollen, und welche eine ganz besondere Behandlung erfordern. Bei einer zu großen Anzahl roher Kinder, wird auch der geschickteste Lehrer seinen Endzweck nie erreichen. Und dieß ist eben eine von den Hauptursachen, warum in den meisten Schulen Verstand und Sittlichkeit ganz getödtet wird."

„Ist erzählen des in der Schule Gehörten ꝛc., beigetragen. Es giebt doch auch in den untern Ständen Menschen, die Liebe zu ihren Kindern haben. Unter dieser Voraussetzung, und mit Hülfe des Erfahrungssatzes, daß sich Menschen so gern bemühen, das zu thun, was denen gefällt, die sie lieb haben, wird diese Erscheinung Niemanden befremdend vorkommen. Also ein neuer Antrieb, gute Schulen zu befördern. Sie können auf die Veredlung der Erwachsenen oft mehr wirken, als Predigten.

A. d. Einſ.

Ist es denn möglich, daß bey einer übergroßen Menge Kinder, bey einem dadurch veranlaßten zu eilfertigen und unvollkommnen Unterrichte, der Verstand gehörig entwickelt werden könne? — Jedem praktischen Erzieher und gewissenhaftem Lehrer muß es ein unauflösliches Räthsel seyn, 60 Minuten unter 50, und oft mehrern Syllabirknaben, verhältnißmäßig und so einzutheilen, daß ein jeder mit Nutzen nur eine Zeile hersagen könne. Denn auf das anbefohlne Nachlesen der übrigen, ist sich gar nicht zu verlassen, noch viel weniger von siebenjährigen flatterhaften Kindern, in Gesellschaft anderer, jemals zu erwarten. Erwägt man noch hiebey, daß öfters hundert und mehrere Kinder, ohne Absonderung des Geschlechts, ohne auf Fähigkeiten sich gründende Klaßifikation, in einem zu kleinen dumpfigten Zimmer oder vielmehr Winkel, unter und enge neben einander sitzen, und so von einem Menschen, der niemals über eine vernünftige Lehrmethode nachgedacht hat, oder vielmehr nicht nachdenken kann, geißelnd unterrichtet werden, so möchte ich doch wissen, wie in aller Welt auf diese Weise Verstand und Herz der armen Kinder nur im mindesten könne zweckmäßig gebildet werden?? — Beispiele von dieser Art sind häufig in der Nähe."

"In dieser neugestifteten Freischule sind vier Lehrsäle *), und ein Arbeitssaal für die Mädchen

*) Es wäre bey einer so trefflichen Schulanstalt doch

chen. Beide Geschlechter sind getrennt. Auf dem einen Flügel des Schulgebäudes sind die Mädchen, auf dem andern die Knabenklassen. Beide Geschlechter sind in drei Klassen, nach Verhältniß ihrer Fähigkeiten, abgetheilet. Die Größern haben täglich von 8 bis 11 und von 1 bis 4 Uhr, die Kleinern aber täglich überhaupt 3 bis 4 Stunden. In den Schulstunden können alle Kinder nach ihrem Gefallen sitzen oder stehen, weswegen auch hinter jeder Bank ein hinlänglicher Raum dazu angebracht worden ist. Was die Vertheilung der sämtlichen

Lehr-

doch wirklich recht sehr zu bedauern, wenn es gegründet seyn sollte, was viele achtungswürdige Männer, die diese Lehrsäle und Schulzimmer selbst gesehen, als den fast einzigen Uebelstand bey dieser Anstalt bemerkt haben wollen: daß dieselben durchgehends viel zu niedrig angelegt seyen. Von einem so edlen und vortrefflichen Stadtmagistrat, der sich durch so viele treffliche Anlagen, die von dem gebildetsten Geschmack zeugen, um die Verschönerung der ohnehin so eleganten Stadt Leipzig, so große Verdienste gemacht, besonders aber auch schon ungemein viel zum Besten dieser Schule gethan und angewandt hat, läßt sich denn gewiß erwarten, daß er, wofern obiger Tadel gegründet befunden werden sollte, er gewiß alles thun wird, demselben aufzuhelfen, und sich so um eine Anstalt noch verdienter zu machen, die auf die allernöthigste, wünschenswertheste und allerschönste — auf Menschenverschönerung abzweckt.

A. D. H.

Lehrstunden betrifft, so kann man sie unten aus dem angehangenen Stundenplane ersehen."

„Die Anzahl der aufgenommenen Kinder belief sich Anfangs auf Dreihundert und etliche zwanzig bis dreißig; jetzt aber ist ihre Zahl bis auf 470 gestiegen, und es hat sich schon wieder eine beträchtliche Anzahl gemeldet, die aufgenommen zu werden wünscht. So viel aufzunehmen, als wirklich geschehen ist, würde nicht möglich gewesen seyn, wenn sich außer den angestellten Lehrern nicht einige junge Männer gefunden hätten, die freiwillig an dieser Anstalt mitarbeiten. Es versteht sich von selbst, daß sie nicht zu der Zahl derjenigen gehören dürfen, die hier die allerersten Versuche machen wollen, sondern es sind solche, die sich durch Lectüre und ertheilten Privatunterricht schon die allernöthigsten pädagogischen Kenntnisse und Geschicklichkeiten erworben haben, und sich durch diese Uebungen und fortgesetzte Lektüre immer mehr darin vervollkommnen. Ihre Anzahl beläuft sich jetzt auf viere. Zwei davon haben vor Kurzem auswärtige Schulämter erhalten. Ihre Namen stehen im Schulfreunde hoffentlich nicht am unrechten Orte: Herr M. Rost, Rektor in Plauen, Herr Metzdorf, Rektor und Subdiakon in Kalau in der Niederlausitz. Die noch vorhandenen Mitglieder sind nach der Ordnung ihres Eintritts in die pädagogische Gesellschaft: M. Dolz, Kandid. Köhler, Knaur, Döring."

„Die

„Die von E. E. und Hochw. Rathe dieser Stadt angestellte Lehrer sind: A. Bey den Knabenklassen: Hr. M. Johann August Wilhelm Pohle, Hr. M. Georg Friedrich Baumgärtel. B. Bey den Mädchenklassen: Hr. Johann Gottlob Eichel, Hr. Christian Friedrich Schaarschmidt. Die Lehrerin, welche das Arbeitszimmer zu besorgen, und zugleich die Aufsicht über die innere Reinlichkeit und Ordnung des ganzen Schulgebäudes hat, ist Frau Johanne Marie verw. Schröterin.

In diesem Institute sollen nun diese Kinder alles das erlernen, was sie dereinst als gute verständige Bürger in ihrem Wirkungskreise brauchen, und sollen es so lernen, daß sie auch künftig nützlichen Gebrauch davon machen können. Sie sollen richtig, angenehm und mit Verstand lesen lernen, nicht etwan in der Absicht, damit man, wenn auswärtige Freunde der Jugendbildung diese Schulanstalt besuchen, mit ihrem Schönlesen glänzen will, sondern aus dem edlern Grunde, weil das Lesen mit Ausdruck und Empfindung, nicht ohne wohlthätige Wirkung für die Veredlung des Gefühls, und der daraus entspringenden Gesinnungen, zu seyn scheint. Sie sollen leserlich und orthographisch schreiben, geschwind rechnen, und die Religion nicht nur mit dem Gedächtnisse, sondern auch mit Verstand und Gefühl, so lernen, daß selbige auf ihre Gesinnungen und Handlungen den sichtbarsten bleibendsten Eindruck mache. Daneben sollen ihnen nach und nach

auf

auf die leichteste und faßlichste Weise, alle die nützlichen Kenntnisse mitgetheilt werden, die ein verständiger Bürger jetzt nicht mehr entbehren kann. Nämlich, die Kenntniß des Menschen, der bürgerlichen Gesellschaft, der Verbindung der Dinge, die Ursachen der Krankheiten und der mannichfaltigen Leiden, die Verhältnisse der Menschen mit der Erde, ihren Bewohnern und Produkten, kurz, die wichtigsten Angelegenheiten des Menschen. Auf diese und ähnliche nützliche Kenntnisse, mußte in dieser Anstalt schlechterdings Rücksicht genommen werden, wenn sie sich anders von den gewöhnlichen Winkelschulen durch ihre Zöglinge vortheilhaft auszeichnen, und ihrem großen Endzwecke glücklich in der Zukunft entsprechen soll."

„Viele Ursachen, fährt Hr. Dir. Plato, S. 12. in der angezogenen Nachricht fort, verbieten es, weitläuftiger hier von unsrer Methode zu sprechen *). Aber dieses sey erlaubt, noch als eine

*) Was dieß auch immer für Ursachen seyn mögen, so wird doch jeder Freund des Schulwesens mit mir wünschen, und sich zu diesem Wunsch durch diese Nachricht noch mehr gedrungen fühlen: daß es dem würdigen Herrn Dir. Plato gefällig seyn möchte, in Gemeinschaft mit seinen geschickten Lehrern, uns in einer besondern und umständlichern Schrift, die bei jeder Art des Unterrichts bisher angewendete Methode, näher zu beschreiben, da man nicht anders erwarten kann, als daß dieselben gewiß sehr musterhaft durch

Hauptanmerkung hinzu zu fügen, daß sämmtliche Lehrer in dieser Schulanstalt, um die Bildung des Verstandes und Herzens gleich stark zu befördern, von dem Sinnlichen und ganz bekannten Sachen anfangen, und sich stufenweise zu dem Intellektuellen erheben, von dem Einfachen und Leichten aufs Zusammengesetzte und Schwerere fortgehen, und so die Kinder beobachten, nachdenken, und ihre übrige Seelenkräfte verhältnißmäßig, aber richtig gebrauchen lehren.

Der größte und zugleich gewöhnlichste Fehler in gemeinen Schulen ist, daß man Kinder Worte lehrt, ohne ihnen Begriffe des Wortes zu geben. Denken geht doch, wie mich dünkt, vor dem Reden her. Wir bringen deswegen unsern kleinen Lehrlingen zuerst Vorstellungen bey, und zwar sinnliche — leichte, — meist solche, die sie schon kennen, oder durch den Anblick lernen können, sodann erst die sinnlich schwerern, und ganz zuletzt die abstrakten. So machen wir mit dem leichtesten den Anfang, gehen stufenweise — der Natur der kleinen Menschenseele gemäß — zu den schwerern fort, und knüpfen den Faden des Unterrichts immer an Begriffe an, die das Kind schon hat;

durch manches Eigne und Neue empfehlenswerth, und so durch öffentliche Mittheilung auch für Andre Jugend- und Schullehrer sehr nützlich seyn werde.

A. d. H.

hat; nicht an solche, die ihm noch fremd sind. — So regen wir sodann durch die einfachsten Uebungen den Beobachtungsgeist, und führen unsre Kinder in die Naturgeschichte (wozu schon unsere Fibel einige leichte Materialien enthält), und die Erwachsenen in Ludwigs Geschichten und Bürgerfreund (in Thieme's sächsischen Kinderfreund), wobei sich unvermerkt eine andere Kraft der Seele allmählich erhebt, ich meyne, die Beurtheilungskraft. Ist nun die Kinderseele mit diesen Kenntnissen angefüllet, und ihr Reflektionsvermögen etwas geübt; sind daneben ihre natürlichen Gefühle geweckt, fixirt; dann hat sie Data genug, um durch Vergleichungen und Folgerungen auf höhere Kenntnisse in Religion 2c. 2c. geleitet zu werden. Und so wird gewiß mit jedem Tage die Beurtheilungskraft höher steigen, bis endlich die edelste Seelenkraft, die Ueberschauungskraft sich nach und nach entwickelt. —"

„Vor allen Dingen gehet besonders auch unsre Sorge dahin, das Lesenlernen, welches den armen Kleinen, leider! fast noch in allen unsern Schulen, so erschwert wird, zu erleichtern, und zugleich zur angenehmen Uebung des Verstandes zu machen. Man will immer noch nicht einsehen und sich überzeugen, was diese erste Beschäfftigung eines Kindes für großen Einfluß auf sein ganzes Leben habe. Und wenn irgendwo der Schade, der durch ungeschickte tyrannische Behandlung dieser so

„Um alles gedankenlose und unverständige Lesen, Beten und Singen von den Kindern in dieser Anstalt zu entfernen, ist in den christlichen Religionsgesängen *) eine Anzahl leichter, faßlicher und herzlicher Schulgebete und kurzer Schulgesänge besorgt worden. Um die Kinder zu einer vernünftigen, herzlichen und thätigen Verehrung Gottes zu gewöhnen, und die Gefühle der Ehrfurcht und Liebe zu ihm und zur Tugend, oft genug zu erwecken und in Thätigkeit zu setzen, so ist es die erste Sorge der Lehrer, den Kindern richtige Begriffe von Recht und Unrecht beizubringen, ihnen die Tugend und ihren hohen Werth, so anschaulich, als möglich, zu machen. Dieß geschieht theils durch den möglichst praktischen Unterricht in der Religion und Naturgeschichte, theils durch die Verhaltungsregeln, die ihnen zuweilen feierlich vorgelesen werden, theils aber auch durch das feierliche Gebet und die Katechisationen, welche alle Sonn- und Festtage von halb 10 bis dreiviertel auf 11 Uhr mit den erwachsenen Schülern beiderlei Geschlechts gehalten werden, und welchen auch vornehme und geringe Bürger der Stadt durch ihre fleißige Theilnehmung **) ihren Bei-

---

*) Welche hernach näher beurtheilt werden sollen.
A. d. H.

**) Auch steht es einem Jeden frei, den Unterricht in den wöchentlichen Stunden mit anzuhören.
A. d. Einf.

Beifall bisher geschenkt haben.*) Wer aus Erfahrung weiß, wie fruchtlos und mechanisch bei den meisten in dieser, ja selbst in den sogenannten vornehmen Volksklassen, das Kirchengehen ist, wie wenige im Stande sind, nach einer vorhergegangenen schlechten Bildung ihres Verstandes in der Jugend, einen zusammenhangenden stundenlangen Vortrag zu fassen und zu benutzen, und wie sehr wenige selbst verständlich lesen, und über den Inhalt eines Gesanges vernünftig nachdenken können: der wird diese für Kinder so nöthige als nützliche Vorbereitung und praktische Religionsübungen gewiß nicht tadeln. Zumal da ihnen auch in wöchentlichen Stunden Anleitung gegeben wird, Gesänge verständlich und richtig lesen, und mit Begleitung des

Po-

**) Proben von solchen sonntäglichen Unterredungen, die in sokratischen Gesprächen, mit Gebet und untermischtem Gesang, alles ganz für Kinder, bestehen, — unten. Wahrlich! eine sehr nachahmungswürdige Einrichtung, wenn man bedenkt, wie wenig Nutzen Kinder von unsern meistens allgemeinen, zusammenhängenden, für das Jugendalter und dessen Bedürfnisse, Fähigkeiten und Kenntnisse, so selten passende öffentliche Religionsvorträge haben. Wie viel muß der Religionssinn solcher Kinder gewinnen, wenn sie von Jugend auf recht eigentlich und absichtlich durch für sie gehörenden Unterricht, gebildet werden.

A. d. H.

Positivs angenehm singen zu lernen. Die Einrichtung dieser sonntäglichen Religionsübungen, die unter andern auch wegen ihrer Feierlichkeit, mit der sie begleitet sind, gewiß nicht geringen Einfluß auf die Veredlung der Schüler und Schülerinnen gehabt habe, und, wie man nicht ohne Grund hofft, auch noch in der Folge haben werden, ist etwa folgende: Nach einer kurzen Erinnerung an die Absicht der Versammlung, oder Ermunterung zur Andacht ꝛc. wird von dem Lehrer (hierunter sind nicht nur die ordentlich angestellten Lehrer, sondern auch die vorhin gedachten freiwilligen Mitarbeiter oder Mitglieder der pädagogischen Gesellschaft zu verstehn*)) der erste Gesang angekündigt. Dieß ist entweder ein Morgen= oder Sonntagslied, oder ein anderes passendes. Es dürfen auch nur einige, in oder außer der Reihe gewählte Verse seyn. Bey der öffentlichen Ankündigung, und dem Anschreiben der Liedernummer und der Verse an der Tafel, fällt alle hiebey etwan zu befürchtende Unordnung weg. Dann folgt ein kurzes Gebet, das jedesmal nach dem

---

*) Die neuaufgenommenen Mitglieder (wenigstens) lesen ihre ausgearbeitete Sonntagskatechisation, ehe sie sie halten, dem Director und den ältern Mitgliedern vor, und benutzen ihre freundschaftlichen Bemerkungen. Nur durch solches gemeinschaftliche Arbeiten kann etwas Ganzes, und dadurch zugleich etwas Gutes bewirkt werden.
                                                            A. d. Einf.

dem Inhalte der Katechisation eingerichtet ist. Hierauf wird von einem Schüler oder einer Schülerin, der obern Klasse (denn nur die obere Knaben- und Mädchenklasse ganz, und von der mittlern Klasse nur die obern Schüler und Schülerinnen, dürfen an den Sonntagsstunden Antheil nehmen*)), ein Stück bald aus diesem, bald aus jenem Buche vorgelesen, das aber allemal auf die in der Katechisation abzuhandelnde Wahrheit, passen, und auch sonst dem Zwecke durchaus angemessen seyn muß.**) Nach dem nun folgenden Hauptliede fängt die Katechisation mit einer kurzen Einleitung an. Die Grundsätze, nach welchen die Sonntagsunterredungen ausgearbeitet werden, sind ungefähr folgende: Sie unterscheiden sich dadurch von den wöchentlichen Religionsstunden, daß durch sie nicht nur auf den Verstand, sondern auch zugleich auf das Herz gewirkt wird, und edle (nicht schwärmerische) Empfindungen angeregt werden. Dies geschieht besonders durch die, von dem Katecheten, am rechten Orte eingestreuten kurzen Episoden, die mit dem Gesange eines oder etlicher Liederverse von der Versammlung,

*) Auch hiervon sind die Gründe leicht einzusehn.
A. d. Einf.

**) Ausgewählte Stellen aus guten Predigtsammlungen und andern Erbauungsschriften ꝛc. müssen hierzu den Stoff liefern.
A. d. Einf.

lung, geschlossen werden. In den wöchentlichen Lehrstunden kann nicht wol in dem Grade, und auf die Art auf das Herz der Schüler und Schülerinnen gewirkt werden, als dieß der Zweck der sonntäglichen Unterredungen zu fordern scheint, die auch noch in andern Rücksichten von den wöchentlichen Religionsstunden, in Ansehung der Form und Materie, unterschieden sind. So würden z. B. gewisse, zwar an sich nicht unedle Beispiele und Gleichnisse, deren sich der Lehrer in den wöchentlichen Stunden, zur Erläuterung dieser oder jener Wahrheit, ohne Bedenken bedienen darf, in den Sonntagsstunden, dem Zwecke und Orte nicht angemessen seyn. Es lassen sich aber über diesen Punkt nicht wohl ganz bestimmte Erklärungen geben, sondern einem Jeden muß hier sein eigenes Gefühl des Würdigen, Anständigen und Zweckmäßigen, leiten. Auch eine ganz genaue katechetische Entwicklung der Begriffe, die in den Wochentagsstunden Hauptsache bey dem Unterrichte ist, darf man in den Sonntagsunterredungen nicht allemal erwarten, besonders über Dinge, deren deutliche Kenntniß schon bey dem größern Theile der Schüler und Schülerinnen vorausgesetzt werden kann. Denn das wäre doch in der That Zeitverlust und pädagogische Pedanterey, wenn man, blos um zu zeigen daß man katechisiren könne, durch eine Menge von dem Hauptzwecke abschweifende Fragen nach den strengsten Regeln der Katechetik das herauskatechisiren wollte was als schon

ge-

gewiß bekannt vorausgesetzt werden kann. Die eigentliche katechetische und die Examinirmethode (ich verstehe darunter das Abfragen des bereits mit dem Verstande Gefaßten, nicht aber des Auswendiggelernten) wechseln also in diesen Unterredungen mit einander ab. Daß weder zu leichte noch zu schwere Fragen den Schülern vorgelegt werden, dafür bürgt der Umstand, daß derjenige, der Sonntags hier katechisirt, die Fähigkeiten und Kenntnisse der Schüler kennen muß. Außer den Kenntnissen und Fähigkeiten der Schüler, scheint es aber keinen andern Maaßstab zu geben, nach dem man das Zuschwere und Zuleichte füglich beurtheilen könne. In diesen sonntäglichen Andachtsstunden werden die Religionswahrheiten theils vollständiger abgehandelt, als es in den wöchentlichen geschehen kann, und von ganz neuen Seiten vorgestellt, theils aber auch wird zuweilen ein Ueberblick über ein gewisses Ganze gegeben. Die, von Sonntag zu Sonntage zum Gegenstande der Unterredung gewählten Materien, stehen zwar gemeiniglich in einer gewissen Verbindung unter einander, jedoch bindet man sich in dieser Rücksicht an keine strenge Ordnung und christliche Festtage; Veränderungen in der Natur, Schulfeierlichkeiten und andere Umstände, geben hinlängliche Ursachen, diese Ordnung in der Aufeinanderfolge der Materien zu unterbrechen. *) Zuweilen
wird

*) So wird an gewissen Sonntagen das Frühlings-, Sommer- und Aerndtefest gefeiert, und also über eine

wird dabei eine biblische Stelle, zuweilen ein Stück aus dem Rosenmüllerschen oder Cramerschen Lehrbuche, oder auch ein Sittenspruch zum Grunde gelegt;

eine Materie, die auf diese Naturbegebenheiten Bezug hat, katechifirt. Stiftungstag der Schule, Konfirmation (die von dem Herrn Superint. Rosenmüller selbst in der Freischule gehalten wird) und Entlassung der Schüler ꝛc. gehören zu den Schulfeierlichkeiten. Durch zweckmäßige Abänderung der Liturgie (die zwar auch für jeden gewöhnlichen Sonntag, an keine bestimmten Kirchengesetze gebunden ist) und durch gewisse äusserliche Feierlichkeiten, sucht man die Feier solcher Tage besonders wichtig und rührend zu machen. Auch der Tod eines Schülers, oder einer Schülerin, wird benutzt, um dadurch in den Gemüthern der Schüler bleibende Eindrücke hervorzubringen. Dieser letzte Vorfall hat sich in den drittehalb Jahren, da diese Schule steht, ein einzigmal ereignet. Aus der Anzeige der Themas kann zwar nicht auf den Werth und die Zweckmäßigkeit der Katechisation selbst geschlossen werden. Indessen will ich doch die Sätze, über welche seit dem ersten Advent katechisirt worden ist, hierher setzen, wie ich sie mir aufgeschrieben habe. Ueber den Plan Jesu; trauriger Zustand der Juden, in Ansehung der Tugend und Religion, zu Jesu Zeiten; trauriger Zustand der Heiden in gleicher Rücksicht; einige Vorbereitungsanstalten, die die Vorsehung auf die Sendung Jesu traf. — Weihnachten: Jesus, ein Lehrer der Wahrheit; Einfluß der Lehre Jesu

legt, bald aber wird auch ohne biblischen und Lehrbuchstext katechisirt. Den Beschluß der Katechisation

zu auf unsre Beruhigung; Jesus, ein Freund und Wohlthäter der Kinder. — Schluß des Jahres: Von der Selbstprüfung. — Neujahrst. Mit welchen Empfindungen blicken christliche Schüler bei dem Anfange eines Jahres in die Vergangenheit und Zukunft. — Die folgenden Sonntage: Von der Gottesverehrung; Selbstschätzung; der Pflicht, seinen Verstand durch nützliche Kenntnisse auszubilden; der Pflicht, sich richtige Religionskenntnisse zu erwerben — und einige andre Selbstpflichten. Bis zum Sonnt. Estomihi. Wie kann man sich überzeugen, ob man zu Jesu Leiden nichts beigetragen haben würde; wovon? wodurch? und unter welcher Bedingung hat uns Jesus erlöset. — Nachahmung des Beispiels Jesu ꝛc. — Am Stiftungstage der Schule, eine Rede: gute Schulen sind nicht nur für Kinder, sondern für die ganze Menschheit eine der größten Wohlthaten, und eine kurze Katechisation über das Gleichniß von den anvertrauten Pfunden. Ostern. Welche Aehnlichkeit findet zwischen dem Frühlinge und unsrer Wiederbelebung statt (das Frühlingsfest ward den ersten Osterfeiertag gefeiert). Die beiden folgenden Feiertage: Gründe für die Unsterblichkeit unsrer Seele. — Die Sonntage, die darauf folgen: Ueber das Gebet; Tod überhaupt, und also auch früher Tod, ist nicht so furchtbar, als man insgemein glaubt (bey der Todesfeier einer Schülerin); vom Gebete, als Beförderungsmittel

tion macht eine kurze Ermahnung, Gebet, Wunsch *) und Gesang. Auch sollen die bald abgehende Kinder allemal das letzte halbe Jahr zur nützlichen Anhörung der Predigten vorbereitet werden."

„Ist nun, fährt Herr Dir. Plato S. 17. fort, der Verstand der Kinder auf diese Weise stufenweise auf-

tel der Tugend; dessen Einfluß auf unsre Beruhigung; das Vater Unser in mehrern Sonntagen nach den einzelnen Bitten. Inzwischen fiel die feierliche Entlassung der Schüler. Ein Blick in die Vergangenheit und Zukunft. — Pfingsten: über den Geist Gottes (Sinn für Wahrheit und Tugend); einige Ursachen, warum er sich nicht bei allen befindet; über den Beistand des Geistes Gottes zum Guten. — Am Johannisfest. Betrachtung über den Sommer. Bild eines tugendhaften Menschen ꝛc.

A. d. Einf.

*) Was die Kinder auf diesen Wunsch zu antworten haben, das wird ihnen Sonnabends zuvor gesagt. Sonst aber erfahren sie, wie sich von selbst versteht, von der Katechisation vorher nichts. Wer also aus den richtigen Antworten der Kinder vermuthen wollte, sie würden darauf vorbereitet, der würde eine ganz unrichtige Meinung hegen. Kinder, die zum Denken und zur Aufmerksamkeit gewöhnt sind, müssen, wenn der Katechet bestimmt fragt, und wenn seine Katechisation so eingerichtet ist, daß Frage an Frage anschließt, das heißt, daß Zusammenhang darin ist, richtig antworten.

A. d. Einf.

aufgeklärt, dann, dünkt mich, wird auch ihr Herz für Wahrheit und Tugend gefühlvoll werden."

„Der siebenjährige Schulunterricht ist stufenweise so eingerichtet,

In der dritten Knabenklasse von 7—9 Jahren.

„Erstes halbes Jahr. Richtiges Aussprechen einzelner, dem Kinde bekannten, Worte, um die Sprachorgane gleich anfangs zu bilden; sodann mehrere zur Uebung der Zunge 2c. Buchstabenkenntniß, Syllabierübung an der Maschine. Im

Zweiten halben Jahre wird der Anfang mit unsrer Fibel gemacht. Man läßt erst eine Zeile lesen, fragt, ob sie wissen, was das Wort bedeute, läßt es sich beschreiben, und sucht ihre Begriffe zu versinnlichen und zu berichtigen. Dabey muß der Lehrer auf schöne reine Aussprache sehr genau Acht haben, und das unangenehme singende und eintönichte Zerren, besonders der letzten Sylben, durch öfteres Vorsagen abgewöhnen. Aus dieser Ursache ist es schlechterdings nie rathsam, daß man die Klasse gemeinschaftlich etwas hersagen lasse, sondern man muß vielmehr die recht oft vorlesen lassen, die von Natur eine schöne reine Stimme haben, so bilden sich alle andere unvermerkt darnach. Dieser kleine Kunstgriff hat in unsern Klassen bewundernswürdige Wirkungen geäußert. Ueber diese kleinen Sätze in der Fibel muß sich auch der Lehrer mit den Kindern besprechen, sie z. E. fragen, wie diese Sache, wovon es gelesen, entstehe, was man damit mache ꝛc. Solche Unterredung nebst den Zürcher Fragen *) für Kinder und Katechisationen über die Beutlerischen Sittensprüche, entwickeln ihren Verstand ungemein und doch wahrhaftig schneller und besser — wir können uns kühn auf unsere beiden Unterklassen auch hier berufen — als unvernünftiges Leiern ohne Nachdenken! Wie lange wird man wohl noch bey solchen augenscheinlichen Gründen, diese armen Kleinen, mit dem Lesen eines ihnen unverständlichen Katechismus martern, — und die gewaltige Lücken zwischen Fibel und Bibel besser ausfüllen lernen!! Es ist wahrhaftig die ruchloseste Zeitverschwendung, wenn man Jahr aus Jahr ein Evangelien, Episteln, Psalmen ꝛc. Kinder ohne alle nöthige Vorkenntnisse auswendig lernen läßt, wovon sie nicht ein Wort verstehen. Das heist doch wohl nichts anders, als Zeit und gesunden Menschenverstand verderben. Ists noch Wunder, daß so viele tausend Kinder aus Stadt- und Landschulen nichts weiter mitbringen, wenn sie selbige verlassen, als einen ohne Verstand

---

*) Das bedarf wol keiner Erinnerung, daß die Zürcher Fragen in der Freischule von dem Lehrer nicht abgelesen, sondern nur als Grundlage benutzt werden.

A. d. Einf.

ſtand auswendig gelernten Katechismus, unverſtändiges Leſen und etwas ſchreiben?? — Durch öfteres Wiederhohlen der kurzen Denkſprüche in der Fibel und dem Beutler, machen wir auch ihnen die Kunſt auswendig zu lernen gleichſam praktiſch bekannt; indem wir das Buch zumachen, und ſelbige ſelbſt ſagen und ſodann wiederholen laſſen. Wir wählen dazu ganz kurze leichte Verſe, wodurch uns vermerkt auch dieſe Seelenkraft geübt wird. Doch erſt erklären, dann lernen.

„Drittes halbes Jahr. Wenn ſie nun richtig leſen, und die Fibel geendiget, gefaßt und fleißig wiederholet worden iſt, ſo fangen wir des Herrn D. Roſenmüllers Erſten Unterricht in der Religion an. Vorausgeſetzt, daß der Lehrer bereits nach Anleitung obiger Zürcher Fragen, den Kindern auf die faßlichſte Art den erſten Begriff von Gott, dem Schöpfer aller Dinge, — ihres lieben Vaters, — wie auch einige Begriffe vom Guten und Böſen, von Tugend und Laſter, ihrer Fähigkeit angemeſſen, gegeben habe. Wenn dieſes ſehr langſam durch ſokratiſches Fragen deutlich und ſo viel als möglich recht anſchaulich gemacht worden; ſo ſucht man ihnen auch einen recht herzlichen und kindlichen Begriff vom Gebet beizubringen, damit ſie in den Schulſtunden auf eine verſtändige Weiſe in den deutlichſten Worten, aber ſehr kurz, den Anfang machen können.“

„Man lehrt sie auch zählen, anfänglich bis auf zehn, durch Hülfe der Finger oder durch Kreidenstriche an der Tafel, zeigt auf die sinnlichste Art durch Fragen, wie man etwas zusammen zählen, vermehren, vermindern könne, lehrt sie die Feder halten, Haar- und Grundstriche, sodann einzelne Buchstaben nachmachen. Wozu wir sehr feine und richtig geschriebene, auf Pappe geleimte, Vorschriften haben."

„Die in der Fibel angehängten kurzen Denksprüche werden wiederholet, und im

Vierten halben Jahre wird im Ersten Unterrichte fleißig fortgefahren, im Lesen, Ton und Accent geübet, kurze deutliche Sprüche und moralische Sätze gelernt. Die fähigsten schreiben einsylbige Wörter und lernen Zahlen zeichnen. Ueberhaupt muß dieses Alter mit Zählen und leichtem Rechnen im Kopfe, recht oft beschäfftiget werden. Die Unterredungsstunden werden ununterbrochen fortgesetzt; manchmal Geschichtchen, Beispiele, die ihnen Vergnügen machen, erzählt, auch übt man sie im Wiedererzählen. So wird ihr Verstand beschäfftiget und ihre Sprache zugleich bereichert. In der

Zweyten Knabenklasse von 9 bis 11½ Jahren.

„Im Ersten halben Jahre wird der Erste Religionsunterricht fortgesetzt. Auch Cramers Unterricht (Quedlinburg 1790) wird beim zweiten

Kur-

Kursus in dieser Klasse gebraucht. *) Die darin enthaltenen Lehren, nebst biblischen Sprüchen und Versen werden wiederholt, zuweilen ein Lied aus den christlichen Religionsgesängen katechetisch durchgegangen, Ludwigs Geschichten und Gutmann oder der sächsische Kinderfreund von Thimme (Leipzig 1794.), zweckmäßig in Unterredungsstunden benutzt: auch wird dabey auf das richtige, tonische verständliche und angenehme Lesen in dieser Klasse gleich anfänglich wieder sehr genau gesehen, und das nützlichste aus der Naturgeschichte, Ludwigs Bürgerfreund, aus dem menschlichen Leben, z. B. Stände der Menschen, Künstler, Handwerker, Kunstwerke, Beschaffenheiten der Dinge, Handlungen der Menschen ꝛc. ihnen bekannt gemacht. Das Schreiben und leichte Rechnen wird etwas ernsthafter getrieben. Wenn dieses alles im

G 4   Zwei-

---

*) Durch ein neues, zum Grunde gelegtes Lehrbuch, bekommt der wiederholte Unterricht neues Interesse. **)

A. d. Einf.

**) Sehr gut! — und die Kinder, setze ich hinzu, lernen nicht die Worte auswendig, sondern halten die Sache als das Wesen vest, ohne am Buchstaben zu hangen; wodurch also dem gedankenlosen Herbeten und religiösem Mechanismus vorgebaut wird.

A. d. H.

zweiten halben Jahre fortgesetzet worden, so wird im

Dritten halben Jahre die kurze faßliche Geschichte Jesu, nach Anleitung im Ersten Unterrichte Seite 74. angefangen, und darüber katechisirt. Der Lehrer bemüht sich gleich zuerst den Kindern Jesum recht liebenswürdig und als ihren größten Wohlthäter zu schildern, auch das für dieses Alter interessanteste aus seinen Lehren und Thaten ihnen zu wiederholtenmalen recht herzlich zu erzählen, die schon erlernten Wahrheiten etwas zusammenhängender vorzutragen, und die biblischen Sprüche, Lebensregeln und Liederverse fleißig zu wiederholen. In den Zürcher Fragen, Ludwigs Bürgerfreund, Rechnen an der Tafel, wird fortgefahren, und eine faßliche Beschreibung von der Zeit, Maaßen und Münzsorten, Gewichten ꝛc. gegeben und beim Rechnen angewendet."

„Die Vorschriften, welche ganz kurz, leicht und nicht gedankenleer, auch stufenweise immer nach zunehmenden Fähigkeiten eingerichtet sind, werden zum Abschreiben vorgelegt. Sodann wird in dem

Vierten halben Jahre des Herrn Dr. Rosenmüllers Religionsgeschichte mit ihnen getrieben. Dieß geschieht, wie sich von selbst versteht, praktisch. Das heißt, es ist dem Lehrer hier nicht bloß darum zu thun, die Kinder mit den in der Bibel erzählten Geschichtsfakten bekannt zu machen, sondern jeder Umstand wird benutzt, sie lehrreiche

reiche Bemerkungen daraus herleiten zu lassen. Winke dazu finden sich zwar schon im Lehrbuche. Indessen giebt doch noch jeder Abschnitt dem denkenden Lehrer weit mehr Stoff, den Schülern auf diese Art die Geschichte lehrreich zu machen, als im Lehrbuche angemerkt werden konnte. Sprüche und kurze Lieder oder einige Verse, nach geschehener Erklärung, gelernt. — Aus Gehorsam gegen die Gesetze wird auch Luthers kleiner Katechismus vorgelesen, erkläret, und nach Treumanns Anleitung über ein Stück daraus katechisirt.

„Schreiben, Rechnen, Erzählen, wird fortgesetzt, und die Kinder im Vergleichen- und Unterscheiden bey ganz alltäglichen Sachen, geübet. Auch erhält diese Klasse nur einen kurzen, aber faßlichen vorläufigen Unterricht in der Erdbeschreibung und Naturgeschichte. Alles dieses wird auch im

Fünften halben Jahre getrieben. Die Religion wird in kurzen Aphorismen vorgetragen, die biblischen Sprüche erklärt und gelernt, auch einige Lieder aus dem Schulgesangbuche.

Die Religionsgeschichte wird nach ganzen Abschnitten wiederholet, einzelne Worte diktirt, und dabey ungefähr auf die Art verfahren, die neulich von dem Herrn Oberkonsistorialrath Horstig im Schulfreunde als zweckmäßig empfohlen ward, und die nützlichen Gespräche fortgesetzt.“

Erste Knabenklasse von 11½ bis 14 Jahren.

„Nach einem kurzen, deutlichen und faßlichen Begriff, welcher ihnen das nöthigste von der Bibel, ihrem Ursprung, Inhalt, Eintheilung, Absicht, von den h. Schriftstellern, — wie — und warum sie die Menschen lesen sollen, vorher erkläret, wird nach Dr. Velthusens Auswahl und Plan, welchen er in s. Religionsunterr. Seite 150 ff. 3. Aufl. vorgezeichnet hat, oder nach einer andern zweckmäßigen Ordnung angefangen in der Bibel zu lesen."

„Der Lehrer erkläret kurz und fruchtbar. Und weil unsre Kinder Seilers Bibel haben, so wird ihnen auch zugleich gezeiget, wie sie die untergedruckten Anmerkungen benutzen sollen."

„Hiernächst wird ihnen nun ein zusammenhangender Religionsunterricht, nach des Herrn Dr. Rosenmüllers christlichem Lehrbuch ertheilet, der Katechismus nach Anleitung damit verbunden, die biblischen Sprüche, welche sie vest memoriren müssen, *) werden deutlich und richtig erkläret, und die Kinder gewöhnt, die darin enthaltene Religionswahrheit selbst aufzufinden."

An-

---

*) Wöchentlich muß ein praktischer biblischer Spruch, verbunden mit einigen Liederversen von gleichem Inhalte, memorirt werden.
A. d. Einf.

Anmerk. Der Lehrer muß so praktisch, als ihm nur möglich, katechisiren, nicht immer vorpredigen, *) sondern lieber durch mehrere Fragen entwickeln; diese erwachsene Kinder zum vertraulichen Gegenfragen, wenn sie ihn vielleicht nicht verstehen, gewöhnen.

Besonders muß er sich angelegen seyn lassen, dieser Klasse im letzten Jahre recht viel innige Hochachtung und Liebe zur Religion einzuflößen, ihnen die Vortheile und Einfluß derselben auf ihre Ruhe und Zufriedenheit, wenn sie selbige mit Verstand und innerer Neigung gewissenhaft befolgen werden, und in ihrem Leben und Gesinnungen äußern, recht lebhaft schildern, und von dem Religionsunterricht alles Rauhe und Unangenehme, aber auch allen Leichtsinn entfernen, wenn ihnen anders die Religion Führerin zur Tugend und Weisheit und sanfte Trösterin in ihrem Leben und Sterben werden soll."

In dieser Klasse wird auch wöchentlich ein gutes Lied oder einige Verse aus der neuen Sammlung, in Verbindung mit der Religionslehre, die sie haben, gelernt.

Die ganze Relionsgeschichte wird im Zusammenhange wiederholet und das 9te Kapitel des

christ.

*) Ein großer und sehr gewöhnlicher Fehler vieler, auch nicht ungeschickter Katecheten!

A. d. H.

christlichen Lehrbuchs damit verknüpft. Naturgeschichte, nöthige Kalenderkenntniß, und das Gemeinnützlichste aus der Gesundheitslehre, weshalb die neuste Ausgabe des Faustischen Gesundheitskatechismus allgemein eingeführt ist, desgleichen aus der Naturlehre überhaupt, (wozu eine Elektrisirmaschiene, ein Mikroscop, die Bertuchsche Bildersammlung, und durch die Güte eines Schulfreundes, ein ziemlich vollständiges Naturalienkabinet vorhanden), wird ihnen bekannt gemacht, und brauchbaren Unterricht in der Erdbeschreibung von Europa überhaupt, besonders von Deutschland und ihrem Vaterlande gegeben, wozu ein Globus, die Karten von Europa und Deutschland mit deutschen Lettern, und einige Güssefeldsche angeschafft sind. Womit wir auch eine kurze Geschichte Deutschlands und besonders ihres Vaterlandes verbinden. *) Ludwigs Bürgerfreund, und Seilers Lesebuch, werden ihnen sehr geläufig gemacht.

Wenn

---

*) Es ist hier der Ort nicht, eine Methodenlehre über die Geschichte zu schreiben. Indessen glaube ich doch nur so viel bemerken zu müssen, daß auch in der Freischule die Geschichte zweckmäßig gelehrt wird. In Ansehung der Materialien wird nur das ausgehoben, davon sich für das bürgerliche Leben ein Nutzen hoffen läßt. Alles, wodurch nicht die Menschenkenntniß gewinnt, oder der Gang der Vorsehung einleuchtend

Wenn man ihnen die Rechtschreibung durch Diktiren, Abschreiben und andere Uebungen beigebracht hat,

tend gemacht wird, oder woraus sich nicht nur praktische Bemerkung über das Vorurtheil des Alterthums ꝛc. herleiten läßt, bleibt weg. Allein alles, was in dieser Rücksicht lehrreich seyn kann, wird so vorgetragen, daß der Schüler selbst den Nutzen, den dieses oder jenes Geschichtsfaktum für ihn hat, aufsuchen muß. Der Lehrer docirt also nicht kathedermäßig, unaufhörlich fort, sondern unterbricht seinen Vortrag, theils der angegebenen Ursache wegen, theils aber auch um die Aufmerksamkeit des Schülers noch mehr in das Interesse zu ziehen, durch eingestreute Fragen. Ja, er läßt gewisse wahrscheinliche Erfolge aus vorher angegebnen Ursachen, die Schüler selbst errathen. Es klingt zwar paradox: historische Fakta heraus katechisiren zu wollen; unter gewissen Einschränkungen ist es aber sehr wohl möglich. Von Seiten des Lehrers erfordert diese letztere Methode allerdings mehr Geschicklichkeit und Vorbereitung, als der gewöhnliche Schlendrian. Damit die Schüler doch aber auch etwas haben, das ihnen die Wiederholung erleichtert, so setzt der Lehrer den Inhalt jeder Stunde, theils in kurzen Aphorismen, theils mit einzelnen Worten, gedankenreichen kurzen Fragen, und andern Erinrungszeichen auf, und giebt diesen kleinen Grundriß den Schülern zum Abschreiben. Der Inhalt jeder Stunde muß aber so kurz zusammengedrängt, und doch für den aufmerksamen Schüler verständlich seyn,

daß

hat, so werden sie im Briefschreiben und Rechnungen so weit gebracht, daß sie nicht nur richtig und geschwind rechnen, sondern auch eine gute Handwerksrechnung und Note machen lernen. Sie werden auch im Lesen fremder Hände geübt, wozu eine Sammlung Briefe von sehr verschiedenen, oft sehr unleserlichen Händen da ist, und die Fähigern auch in andern Aufsätzen. Es werden z. B. einige Worte an die Tafel geschrieben, woraus sie eine zusammenhängende Erzählung verfertigen müssen, eine Uebung, die ungemein großen Nutzen hat, aus der man unter andern auch den Geist des Schülers kennen lernen kann.*) In den Unterredungsstunden

benu-

---

daß er höchstens nicht mehr als 6 bis 8 Zeilen einnimmt. Die Geübtern benutzen diese vom Lehrer ihnen gegebne Linien, auch zugleich Muster, nach welchem sie sich von den letzten Abschnitten der Geschichte selbst einen solchen kurzen Leitfaden zur Wiederholung, nach der Stunde aufsetzen. So kurz als möglich wird auch in diesem Wiederholungsblatte oft durch bloße Fragezeichen oder auf andre Art, die das Verdienst der Kürze und Deutlichkeit hat, an die lehrreichen praktischen Bemerkungen erinnert, die sich aus diesem oder jenem historischen Faktum herleiten ließen.

A. d. Einf.

*) Mit Vergnügen habe ich zuweilen bey diesen Uebungen bemerkt, wenn ich Gelegenheit hatte,

ihnen

benutzen die Lehrer die Materialien, welche ihnen Junker in seinem gemeinnützigen Handbuche gegeben hat.

„Da diese Volksklasse öfters alt wird, ohne nur einen richtigen Begriff von Landesgesetzen und den Pflichten zu haben, die sie gegen ihre Obrigkeit zu ihrem eigenen Besten, zu beobachten haben; so würde es unverzeihlicher Fehler seyn, wenn in einer solchen Anstalt dreizehnjährige Knaben nicht damit bekannt gemacht würden. Auch hierzu haben Junker, Zerrenner und Dr. Dippold schönen Vorrath gesammlet. *) — Ein geschickter junger Rechtsgelehrter hat diesen Unterricht neulich übernommen. Es versteht sich, daß vor diesem Unterrichte eine kurze und faßliche Einleitung über den Ursprung der Staaten, und die Hauptgrundsätze des Naturrechts vorausgeschickt werden.

Das letzte halbe Jahr bekommen sie eine Beschreibung der Künste **), Handwerke und deren Ge-

ihnen beizuwohnen, wie recht sichtbar ein moralischer Geist aus solchen Aufsätzen hervorleuchtete.

A. d. Einf.

*) Hrn. Domprediger Försters neues Büchlein für Schulen über die sächsische Landesgesetze, wird nun gewiß hier gebraucht werden.

A. d. H.

**) Eine solche Beschreibung der Künste ist nicht nur für das bürgerliche Leben von großem Nutzen, son-

Gebräuche, und die Fähigsten so viel von den Anfangsgründen der Mathematik und Mechanik, als ein jeder verständiger Bürger und Handwerker in unsern Zeiten wissen sollte.*)

„Ein weiser Lehrer wird gewiß alle diese Dinge in seinen Unterredungsstunden mit diesen Kindern so zu benutzen wissen, daß er damit gute Sitten und Klugheitsregeln verbinde, ihnen Feddersens Sittenbuch, den zweiten Theil des sächsischen Kinderfreundes, genießbar mache, und manchen schönen Auszug aus dem Handbuch der Moral für den Bürgerstand, ihnen gebe; wodurch er seinen bald zu entlassenden Zöglingen Liebe zur Sittlichkeit, und klugen, rechtschaffenem Verhalten im bürgerlichen Leben, unvermerkt einflößen wird."

„Dieß sind ohngefähr die Kenntnisse, die diesen drei Knabenklassen stufenweise in kurzer, zweck-

sondern sie ist auch eins der besten Mittel, das Gefühl des Schönen bei der niedern und mittlern Volksklasse zu bilden, und ihr Achtung gegen die Künstler und Kunstprodukte einzuflößen.

A. d. Einf.

*) In den beiden letzten Wissenschaften ertheilen zwei junge Männer, die nicht als Lehrer angestellt sind, Hr. Tauber und Irmisch Unterricht.
A. d. Einf.

zweckmäßiger Verbindung binnen 6 bis 7 Jahren recht gut können beigebracht werden.

Was die Mädchen betrifft, so erhält

Die dritte Klasse

die zwei ersten Jahre hindurch ohne Abänderung, den nämlichen Unterricht der dritten Knabenklasse. Nur in Unterredungen und Erzählungen werden solche Geschichtchen, Fabeln und Beispiele gewählet, welche Tugend und Artigkeit der kleinen Mädchen mit viel Wärme empfehlen.*)

Auch in der

zweiten Mädchenklasse

werden drittehalb Jahre hindurch die der zweiten Knabenklasse vorgezeichneten Kenntnisse gelehret. In den Unterredungsstunden aber muß der Lehrer solche Geschichten und Materien wählen, worinnen Wahrheiten enthalten sind, die nunmehr etwas ernsthafter diesem Geschlecht von Jugend auf müssen eingeprägt werden. Als: Beispiele der Schamhaftigkeit, Reinlichkeit, häuslicher Arbeitsamkeit und Sittsamkeit ꝛc. Ganz brauchbar ist hier zu das neben dem Sächsischen Kinderfreund eingeführte Lesebuch für die Erste und Zweite Mädchenklaſ-

---

*) Auch im Nähsaal wird täglich eine Unterredungsstunde mit den Kleinen gehalten, wobei sie stricken können.

A. d. Einſ.

klasse, der Mädchenspiegel, eingerichtet, worinnen in drey verschiedenen Abtheilungen, nach Verhältniß der Jahre, alle Pflichten dieses Geschlechtes sehr anschaulich und praktisch vorgetragen sind.

Erste Mädchenklasse.

Der Religionsunterricht und Geschichte derselben wird, verschiedene Modificationen abgerechnet, nach dem Plan der ersten Knabenklasse gelehret, der Lehrer muß nemlich, in gewissen Kapiteln der Sittenlehre seinen Vortrag so einrichten, daß er Mädchen von 13-14 Jahren ihre künftige Bestimmung und Pflichten recht heilig und wichtig vorstellet. Besonders, dünkt mich, muß er moralisches Gefühl und Güte des Herzens auf die rührendste Weise dabey zu erwecken und in gleichem Schritte mit der Verstandesbildung zu vereinen suchen. Denn bloße Herzensgüte ohne Grundsätze bleibt immer sehr mangelhaft. — Außer den Sprüchen in ihrem Lehrbuche lassen wir sie Verse aus Liedern lernen; und durch öfteres Lesen und Wiederlesen haben sie sich schon mit Vergnügen viel lehrreiche Fabeln und kurze moralische Denksprüche zu eigen gemacht. Bey Auswahl der letztern aber sehen wir darauf, daß ein solcher Denkspruch sie an eine oder die andere weibliche Pflicht kurz, aber sehr stark erinnere. Der Nutzen davon ist bekannt. An lehreichen Fabeln und guten Liedern werden sie besonders im Schönlesen geübt *).

Im

---

*) Für das bürgerliche Leben scheint auch diese Uebung

Im Schreiben und Rechnen werden sie so lange geübt, bis sie ohne Fehler richtig einen leserlichen Brief schreiben*), und wenigstens eine wirthschaftliche Rechnung ohne Fehler machen können.

H 2

Da
bung nicht ohne Nutzen zu seyn. Denn wer richtig und schön lesen kann, wird sich auch in seinen Unterredungen mit andern richtig und angenehm ausdrücken. Diesen Leseübungen war es unstreitig zuzuschreiben, daß am Tage der feierlichen Entlassung ein Mädchen aus dieser Anstalt öffentlich mit vielem Anstande und mit Empfindung von Lehrern und Mitschülern Abschied nahm, zur Bewundrung der zahlreichen Versammlung. Solche Feierlichkeiten machen unstreitig auf den vernünftig-sinnlichen Menschen einen bleibendern Eindruck, als die besten moralischen Regeln. Für die zurükbleibenden Schüler und Schülerinnen liegt darin ein Sporn zum Fleiße.

A. d. Einſ.

*) Auch muß zuweilen bey dem Diktiren ein Mädchen mit Kreide an der Tafel schreiben, damit wenigstens die minder Fähigen darnach sehen können. Um ihnen die Orthographie recht geläufig zu machen, setzt zuweilen der Lehrer absichtlich unrichtig geschriebene Worte an die Tafel, die sie korrigiren müssen. Als ein Mittel zu Schärfung der Urtheilskraft, hat man folgende kleine Uebung, die zuweilen gleichsam zur Beloh-

Da dieses Geschlecht bey seinem Einkauf auf dem Markt und wirtschaftlichem Handel nicht immer Kreide oder Bleifeder bey der Hand haben kann, so üben wir sie recht im Kopfe und auf mechanische Art schnell und richtig rechnen zu lernen *). Der Vortheil davon ist in ihrem Stande größer. Landübliche Maaße, Gewichte, Geldsorten und andere nützliche Dinge, werden ihnen genau bekannt gemacht.

Da ferner dieses Geschlecht in dieser Volksklasse noch recht treue Inhaberinnen vieler abergläubischer und anderer lichtscheuer Dinge hat, auch durch unrichtige Vorstellungen von ganz natürlichen Dingen von nicht geringer Furcht im stillen gefoltert wird, die

Belohnung ihrer Aufmerksamkeit, vorgenommen wird, nicht unzweckmäßig gefunden: Der Lehrer schreibt eine Menge Namen von Handwerkern, Thieren, Kleidungsstücken ꝛc. ohne Ordnung an die Tafel, und überläßt es den Kindern, diese nach bestimmten Klassen zu ordnen.

A. d. Einf.

*) Diese Uebung wird um so mehr für die Schülerinnen interessant gemacht, je treffender der Lehrer die Beispiele zu wählen weiß, darin er seine Aufgaben einkleidet. Zuweilen geschieht es auch, aber nur zur Belohnung ihrer Aufmerksamkeit, daß der Lehrer eine lehrreiche und unterhaltende Erzählung zum Vehikel wählt, um die verschiedenen Rechnungsarten zu wiederholen.

A. d. Einf.

die ihnen in vielen Umständen und Lagen sehr nachtheilig wird; so ist es Pflicht, daß kluge Lehrer auch diesem Geschlechte das nöthigste und nützlichste aus der Naturgeschichte, Naturlehre und dem menschlichen Leben bekannt machen, erklären, und überhaupt sich in ihren Unterredungsstunden mit ihnen über diese und andere Dinge besprechen, wo Unwissenheit Schande für jeden vernünftigen Menschen ist.

Ein Lehrer, der einige Menschenkenntniß hat, und der da weiß, wie sehr dieses Geschlecht als Kinderwärterinnen, als vertrauliche Dienerinnen erwachsener Töchter vornehmer Stände, den Aberglauben und andere schädliche lichtscheue Dinge noch am meisten fortpflanzt: der wird sich gewiß bemühen, auch auf diese Weise durch treffende Schilderungen, Vorstellungen, Gründe und Erzählungen, die er diesen jungen, noch unverdorbenen Gemüthern fest einpräget, menschliches Elend mindern zu helfen. In dieser Absicht werden ihnen Feddersens Lesebuch, das bekannte Sittenbuch für's Gesinde, auch Seilers Lesebuch mit Auswahl, und der Sächsische Kinderfreund sehr geläufig gemacht. Bey jedem Unterricht aber darüber wird auf weibliche Sittsamkeit und Tugend Rücksicht genommen, und mit Geschichten und Beispielen recht lebhaft durchflochten, weil, wie bekannt, dies das beste Hülfsmittel und Vehiculum ihrer Aufmerksamkeit und ihrer Herzen ist.

„End-

„Endlich, da so viele dieser armen Mädchen entweder gar keine oder doch vielleicht herzlich einfältige und unwissende Mütter haben, die ihnen keine vernünftige Warnung, Rath und Unterricht ertheilen können, wie sie sich bey gewissen Vorfallenheiten und natürlichen Umständen ihres Körpers vernünftig verhalten sollen: so ist sehr menschenfreundlich verordnet worden, daß die Frau, welche diese Mädchen in Nähen, Stricken *) und andern weiblichen Arbeiten unterrichtet, angewiesen und belehrt werden soll, an statt manches unnützen Redens in den Nähstunden, den Erwachsenen, die die Anstalt bald verlassen wollen, allein das letzte Vierteljahr Verhaltungsregeln und andere nöthige Belehrungen vorzulesen oder ein erwachsenes Mädchen vorlesen **) zu lassen, die künftig gewiß man-

*) Man hat durch die Erfahrung bestätigt gefunden, daß bei fleißigen und lernbegierigen Mädchen, die Aufmerksamkeit nicht gestört wird, wenn sie auch in den Lehrstunden stricken.
A. d. Einſ.

**) Auch in den Freistunden lesen sie, so weit es ohne Hinderung an andern wichtigen Geschäfften geschehen kann, sehr fleißig gute Bücher, die Weißischen, Campischen, Salzmannischen und andere für sie verständliche und lehrreiche Schriften, und geben davon mündlich oder schriftlich Rechenschaft.
A. d. Einſ.

manches Mädchens Gesundheit, Ehre und Tugend sichern und befestigen werden; welche aus übertriebner Schamhaftigkeit gegen den Arzt, auf immer ungesund, oder bloß aus Dummheit und Unwissenheit unglücklich, und ein Opfer der niedrigen Verführung werden würde. Für solche Regeln haben menschenfreundliche Aerzte gesorgt, die wir nur sammeln und für diese Volksklasse in populärer Sprache genießbar machen dürfen."

"Dies ist ein kurzer Auszug des Plans, den sämmtliche Lehrer in E. E. und Hochw. Raths *) Freischule in Leipzig, bey ihrem Unterricht zu befolgen haben. **)

Und so hoffen wir, diese schöne Anstalt, nach der edlen Absicht ihrer beiden verehrungswürdigsten Stifter***), deren Herzen, bey

aller

―――――――――

*) Lehrer und Schule werden vom Rathe geschätzt; erstere in ihre Gesellschaften gezogen, und letztere Sonntags und Wochentags von den Mitgliedern des Raths fleißig besucht.

A. d. Einf.

**) Bey der Schule selbst befindet sich nicht nur zu ihrem Gebrauche eine kleine Bibliothek, sondern durch die gütige Vorsorge des Herrn Dir. Plato bekommen sie auch aus seiner ansehnlichen Bibliothek die neuesten pädagogischen Schriften zu lesen.

A. d. Einf.

***) Herr Geheime Kriegsrath Müller, und Herr Superintendent Dr. Rosenmüller, deren

Na-

aller Verschiedenheit ihrer Amtsgeschäffte, gleich stark und wetteifernd für Menschen und Bürgerwohl glühen, gemeinnützig zu machen; diese Kinder in ihrem vierzehenden Jahre wohl unterrichtet, nach geschehener Konfirmation zu entlassen, und so dem Staate künftig einige gute und nützliche Bürger und Bürgerinnen mehr zu geben *).

Da der hier gelieferte Plan pünktlich befolgt wird; so wird es hoffentlich keinem unglaublich vorkom-

Namen nicht nur Zeitgenossen und Nachwelt einer solchen Anstalt wegen, mit Ehrerbietung und Dank nennen und segnen müssen!

A. d. H.

---

*) Mit Vergnügen muß ich hier bemerken, daß die aus der Freischule entlassene Knaben, von den hiesigen Bürgern sehr gern zu Lehrpurschen, und die Mädchen in Dienste genommen werden. Nach dem Muster dieser Anstalt ist auch bereits eine, mit dem hiesigen Arbeitshause für Freiwillige, verbundne Schule, und die im Waisenhause eingerichtet worden. Wenigstens sind Lehrgegenstände, Methode und Disciplin von der Freischule entlehnt, obgleich diese beiden Schulen nicht so groß sind, als die Freischule. Auch in Kiel hat man nach dem Muster der Freischule eine Schulanstalt errichtet.

A. d. Einf.

kommen, wenn ich versichere, aus dem Munde der Schüler und Schülerinnen die an ihre Lehrer und Mitarbeiter gethane Bitte, diese oder jene Freistunden in Lehrstunden zu verwandeln, gehört zu haben.

I. Knabenklasse.

Montag und Dienstag.

Vormittag. 7 bis 8. Bibellesen und Religionsunterricht, nach Rosenmüllers Lehrbuche. 8 bis 9. Naturlehre nach Nikolai. 9 bis 10. Rechnen. Nachmittag. 1 bis 2. Gutmann oder sächsis. Kinderfreund. 2 bis 3. Bürgerliche Geometrie. 3 bis 4. Von Künsten und Handwerken.

Not. Dienstags von 2 bis 3. schriftliche Aufsätze, statt der Geometrie.

Mittwoch.

Vormittag. 7 bis 8. Religionsgeschichte. 8 bis 9. Diktiren. 9 bis 10. Vaterländische Geschichte. Nachmittag. 1 bis 2. Lesestunde. 2 bis 3. Höhere Geographie. 3 bis 4. Physische Versuche.

Donnerstag.

Vormittag. 7 bis 8. Bibellesen, Religionsunterricht. 8 bis 9. Korrektur des am vorigen Tage Diktirten. 9 bis 10. Schreiben. Nach

Nachmittag. 1 bis 2. Geographie. 2 bis 3. Bürgerliche Mechanik. 3 bis 4. Naturgeschichte nach Nikolai.

Freitag.

Vormittag. 7 bis 8. Bibellesen, Religionsunterricht. 8 bis 9. Uebung in schriftlichen Aufsätzen. 9 bis 10. Landesgesetze.

Nachmittag. 1 bis 2. Geographie. 2 bis 3. Uebung in schriftlichen Aufsätzen. 3 bis 4. Lied und Sprüche gelesen und erklärt.

Sonnabend.

Vormittag. 7 bis 8. Religionsgeschichte. 8 bis 9. Hersagen des gelernten Liedes und Sprüche. 9 bis 10. Vaterländische Geschichte.

Nachmittag. 1 bis 2. Lesestunde. 2 bis 3. Höhere Geographie.

II. Knabenklasse.

Montag und Dienstag.

Vormittag. 7 bis 8. Religionsunterricht nach Rosenmüller. Erst. Unterrichte. 8 bis 9. Bürgerfreund. 9 bis 10. Schreiben.

Nachmittag. 1 bis 2. Schreiben. 2 bis $3\frac{1}{2}$ St. Unterredung mit den 3 Klassen, $\frac{1}{2}$ St. Lesen. 3 bis 4. Geographie.

Mittwoch.

Vormittag. 7 bis 8. Religionsgeschichte. 8 bis 9. Rechnen. 9 bis 10. Naturlehre.

Nachmittag. Katechism. bei der montäglichen Predigergesellschaft. *)
Donnerstag.
Vormittag. 7 bis 8. Religionsunterricht. 8 bis 9. Rechnen. 9 bis 10. Lied gelesen und erklärt.
Nachmittag. 1 bis 2. Uebung im richtigen und angenehmen Lesen. 2 bis 3. Unterredung über Natur und menschliches Leben. 3 bis 4. Frey.
Freitag.
Vormittag. 7 bis 8. Religionsunterricht. 8 bis 9. Schreiben. 9 bis 10. Zürcher Fragen, kombinirte Klassen.
Nachmittag. 1 bis 2. Naturgeschichte. 2 bis 3. Ueber Natur und menschliches Leben. 3 bis 4. Diktiren.
Sonnabend.
Vormittag. 7 bis 8. Religionsgeschichte. 8 bis 9. Naturgeschichte. 9 bis 10. Das wöchentliche Religionsstück kurz wiederholt, und die Sprüche werden hergesagt.

Nach-

---

*) Eine Gesellschaft hiesiger Nachmittagsprediger an der Universitäts- und Peterskirche, und anderer Magister, welche Mitglieder der sogenannten Predigergesellschaft sind, haben sich die Erlaubniß ausgebeten, ihre katechetischen Uebungen in der Freischule halten zu dürfen. Dazu sind ihnen wöchentlich 2 Stunden gegeben worden.

A. d. Einſ.

Nachmittag. Katechism. bei der montäglichen Predigergesellschaft.

III. Knabenklasse.

Montag und Dienstag.

Vormittag. 8 bis 9. Buchstabenkenntniß und Leseübung. 9 bis 10½ St. Schreiben, ¼ St. Unterredung.

Nachmittag. 1 bis 2. Schreiben. 2 bis 3. Syllabir- und Leseübung, ½ St. 3 bis 4. Stilles Syllabiren.

Mittwoch.

Vormittag. 8 bis 9. Buchstabenkenntniß, Syllabir- und Leseübung. 9 bis 10. Katechetischer Unterricht über die vorzüglichsten Dinge der Naturgeschichte.

Donnerstag.

Vormittag. 8 bis 9. Syllabiren, Leseübung. 9 bis 10. Leichtes Kopfrechnen, Zahlenkenntnisse.

Nachmittag. 2 bis 3. Buchstabenkenntniß, Syllabiren vorgesagter Worte, Leseübung. 3 bis 4. Vorsagung einiger Denksprüche, Sprüchwörter und deren Erklärung.

Freitag.

Vormittag. 8 bis 9. Lese- und Syllabirübung. 9 bis 10. Zürcher Fragen.

Nachmittag. 2 bis 3. Lese- und Syllabirübung. 3 bis 4. Unterredung über lehrreiche Gegenstände aus der Naturgeschichte.

Sonnabend.

Vormittag. 8 bis 9. Schreiben. 9 bis 10. Lesen und Syllabiren.

I. Mädchenklasse.

Montag und Dienstag.

Vormittag. 8 bis 9. Bibellesen und Rosenmüllers Lehrbuch. 9 bis 10. Naturgeschichte und Naturlehre. 10 bis 11. Schreiben nach Vorschriften.
Nachmittag. 1 bis 2. Der sächsische Kinderfreund. 2 bis 3. Seilers Lesebuch, mit Auswahl. 3 bis 4. Nähstunde.

Mittwoch.

Vormittag. 8 bis 9. Bibellesen. 9 bis 10. Diktiren. 10 bis 11. Nähstunde.
Nachmittag. 1 bis 2. Nähstunde. 2 bis 3. Leseübung.

Donnerstag.

Vormittag. 8 bis 9. Bibellesen. 9 bis 10. Schreiben und Diktiren. 10 bis 11. Nähstunde.
Nachmittag. 1 bis 2. Rechnen an der Tafel. 2 bis 3. Schreiben und Diktiren. 3 bis 4. Gutmann. Lesestunde mit Unterredung.

Freitag.

Vormittag. 8 bis 9. Religionsgeschichte und Moral. 9 bis 10. Diktiren, Lied, Sprüche gelesen und erklärt. 10 bis 11. Nähstunde.

Nach-

Nachmittag. 1 bis 2. Rechnen. 2 bis 3. Korrektur des Geschriebenen. 3 bis 4. Mädchenspiegel, Lesestunde und Unterredung.

Sonnabend.

Vormittag. 8 bis 9. Religionsgeschichte und Moral. 9 bis 10. Lied und Sprüche hergesagt. 10 bis 11. Nähstunde.

Nachmittag. 1 bis 2. Nähstunde. 2 bis 3. Leseübungen.

II. Mädchenklasse.

Montag und Dienstag.

Vormittag. 8 bis 9. Erster Unterricht in der Religion. 9 bis 10. Nähstunde. 10 bis 11. Züricher Fragen.

Nachmittag. 1 bis 2. Mädchenspiegel. 2 bis 3. Nähstunde. 3 bis 4. Schreibestunde.

Mittwoch.

Vormittag. 8 bis 9. Erklärung des Katechismus und einiger Sprüche. 9 bis 10. Nähstunde. 10 bis 11. Naturgeschichte.

Nachmittag. 1 bis 2. Lesestunde.

Donnerstag.

Vormittag. 8 bis 9. Religionsgeschichte. 9 bis 10. Nähstunde. 10 bis 11. Naturgeschichte.

Nachmittag. 1 bis 2. Nähstunde. 2 bis 3. Rechnen. 3 bis 4. Mädchenspiegel.

Frei-

Freitag.

Vormittag. 8 bis 9. Religionsgeschichte. 9 bis 10. Schreiben, und hören der 1sten Klasse zu. 10 bis 11. werden kurze Sätze diktirt.

Nachmittag. 1 bis 2. Nähstunde. 2 bis 3. Rechnen. 3 bis 4. Lied gelesen und erklärt.

Sonnabend.

Vormittag. 8 bis 9. Erklärung des Katechismus und einiger Sprüche. 9 bis 10. wird das Lied auswendig hergesagt. 10 bis 11. Schreiben nach Vorschriften.

Nachmittag. 1 bis 2. Lesestunde.

III. Mädchenklasse.
Montag und Dienstag.

Vormittag. 8 bis 9. Beutlers Sittensprüche, oder die Sätze in der Fibel. 9 bis 10. Uebung im Syllabiren und Lesen. 10 bis 11. Zürcher Fragen.

Nachmittag. 1 bis 2. Nähstunde. 2 bis 3. Uebung im Syllabiren u. Lesen. 3 bis 4. Schreiben.

Mittwoch.

Vormittag. 8 bis 9. Lesen und Katechisation über den Beutler. 9 bis 10. Syllabiren und Lesen. 10 bis 11. ½ St. leichtes Rechnen im Kopf. ½ St. Zahlenkenntniß und Schreiben an der Tafel.

Nachmittag frey.

Donnerstag.

Vormittag. 8 bis 9: Leseübung und Unterricht über Beutlers Sittensprüche. 9 bis 10. Syllabiren und Lesen. 10 bis 11. ½ St. Anweisung zum richtigen und angenehmen Lesen. ½ St. Kopfrechnen.

Nachmittag. 1 bis 2. Syllabiren und Lesen. 2 bis 3. Nähstunde. 3 bis 4. Frey.

Freitag.

Vormittag. 8 bis 9. Lesen. 9 bis 10. Lesen und Syllabiren ohne Buch. 10. bis 11. Zürcher Fragen.

Nachmittag. 1. bis 2. Denksprüche und Syllabiren. 2 bis 3. Nähstunde. 3 bis 4. Frey.

Sonnabend.

Vormittag. 8 bis 9. Lesen und Katechisation. 9 bis 10. Hersagen des gelernten Spruchs, und Syllabiren. 10 bis 11. Rechnen.

Nachmittag frey.

Nachschrift des Einsenders.

Theils um diese Anstalt auswärtig bekannt zu machen, theils um zu sehen, ob künftige Kirchen- und Schullehrer katechisiren können, ist von dem

Da erst, seitdem dieser Aufsatz in meinen Händen ist, der Faustische Gesundheitskatechismus eingeführt ist, so darf man sich nicht wundern, hier noch keine Unterrichtsstunde darüber aufgeführt zu finden.

A. d. H.

dem hiesigen Konsistorium verordnet worden, daß diejenigen, die in der Leipziger Diöces zu Predigt- und Schulämtern befördert werden, in Beiseyn eines geistlichen Konsistorialraths, über ein aufgegebenes Stück in der Freischule katechisiren müssen.

---

2. **Am Johannisfest 1794. Betrachtung über den Sommer.**

Lied 204. 1 ‐ 4, 8. Auf, Kinder, bringet.
— 29. Für wen schuf ꝛc.

Seit einigen Tagen, meine lieben jungen Freunde und Freundinnen! ist schon wieder in Ansehung der Jahrszeit eine Veränderung vorgegangen. An die Stelle des Frühlings, für dessen froher Wiederkehr wir vor einigen Wochen dem großen Vater der Natur hier in diesem Betsale feierlich unsre Dankgefühle zu erkennen gaben, ist nunmehr der Sommer getreten. Da in der Natur keine Veränderung sich ganz plötzlich ereignet, und da überdieß die beiden wärmern Jahreszeiten eine große Aehnlichkeit mit einander haben; so ist zwar der Uebergang des Frühlings in den Sommer, für uns nicht so sehr bemerkbar. Allein jede Jahreszeit hat, dessen ungeachtet, ihr Eigenthümliches, und giebt dem aufmerksamen Beobachter der Werke Gottes mannichfaltige Veranlassung zum Nachdenken. Jede Jahrszeit hat ihre eigene Schönheiten, die demjenigen,

Schulfr. 10s Bdch. J der

der Sinn und Herz für die Freuden der Natur hat, eine Quelle der reinsten Freuden eröffnen, die des denkenden und empfindenden Menschen würdig sind. Jede Jahreszeit fordert den wahren Gottesverehrer, der nach Anleitung der Vernunft, und nach dem Beispiele Jesu, Gott in der Natur anzubeten gelernt hat, zur tiefsten, innigsten Anbetung des großen Weltenvaters auf. Auch die gegenwärtige Jahreszeit ist in mehrerer Rücksicht lehrreich für uns. Wir wollen daher heute gemeinschaftlich eine kurze Betrachtung darüber anstellen. So wie wir vor etlichen Wochen die Feier des Lebensfestes Jesu, mit der Feier des damals wiederkehrenden Frühlings verbanden; so wollen wir heute den Gedächtnißtag eines seiner würdigen Freunde, mit einer Betrachtung über den Sommer feiern. Ich glaube, daß dies nicht nur der gegenwärtigen Zeit, darin wir leben, angemessen sey, sondern es scheint auch selbst in den wenigen Nachrichten, die uns die biblischen Schriftsteller von den Lebensumständen Johannes aufgezeichnet haben, ein Grund zu liegen, der die Wahl dieses Gegenstandes für den heutigen Tag rechtfertigt. Johannes wählte nämlich zu seinem Aufenthalte eine einsame Gegend, wahrscheinlich in der Absicht, damit er sich durch ungestörte Betrachtung der Natur zu seinem Geschäffte vorbereiten konnte. Wie könnten wir also seinen Gedächtnißtag zweckmäßiger feiern, als wenn wir seinem Beispiele folgen, und uns heute an einige lehrreiche Wahrheiten

ten erinnern, zu deren Erinnerung uns der so eben angefangene Sommer Veranlassung giebt. Wir wollen bey dieser Unterredung zuerst sehen, was in der Natur vorgeht, wenn der Sommer eintritt, dann wollen wir nachdenken, warum diese Jahreszeit gerade in der bekannten und in keiner andern Ordnung folgt, hierauf wollen wir einen Blick auf das eigene das der Sommer hat, werfen, und endlich einige für Verstand und Herz gleich lehrreiche Wahrheiten aus der vernünftigen Betrachtung des Sommers herzuleiten suchen.

L. Aus denjenigen Lehrstunden, die zum Unterrichte in der Naturlehre bestimmt sind, wird es euch bekannt seyn, woher denn überhaupt die Abwechslung der Jahreszeiten rühre. Sch. Von der Bewegung der Erde. L. Welche Stellung hat denn jetzt die Sonne gegen unsre Erde? Sch. Sie steht am höchsten. L. Und wie steht also die Erde zur Sonne? Sch. am tiefsten. L. Wenn ist also der Sommer da? Sch. Wenn die Sonne am höchsten und die Erde am tiefsten steht. L. Wonach erfolgt diese und jede andre Veränderung in der Natur. Sch. Nach Gesetzen. L. Und wer ist es, der der Natur diese Gesetze gab und erhält? Sch. Gott. L. Welche Jahreszeit gieng denn gleich vor dem Sommer vorher? Sch. Der Frühling. L. Wäre es nicht besser, wenn der Sommer gleich auf dem Winter folgte? Sch. Nein. L. Warum nicht? — Wie war im Winter die Witterung? Sch. Kalt. L. Wie im Frühling? Sch. Mäßig warm. L. Wie ist sie jetzt? Sch. Sehr warm. L. Worauf sollte uns also die mäßige Frühlingswärme gleichsam vorbereiten? Sch. Auf die größre Hitze des Sommers. L. Welche Folgen würde der schnelle Uebergang von der Kälte des Winters zur großen Hitze des Sommers für unsere Körper haben? Sch. Krankheiten. L. Woran sollte unser Körper durch die mäßige Wärme des Frühlings also nach und nach gewöhnt werden? Sch. Zur Ertragung der Hitze des Sommers. L. Wie ist also diese Einrichtung in Ansehung der Aufeinanderfolge der Jahreszeiten für uns? Sch. Sehr wohlthätig. L. Aber folgen in allen Ländern die Jahreszeiten eben so auf einander, wie bey uns? Sch. Nein. L. Es giebt Länder, wo nur wieviel Jahreszeiten sind? Sch. zwey — L. Da sind also wohl die Einwohner jener Länder unglücklicher als wir? Sch. Nein: ihr Körper ist von Jugend auf daran gewöhnt. L. Für uns, l. K., bleibt es nun eine sehr wohlthätige Einrichtung, daß vor dem Sommer der Frühling vorhergeht. — Nun wollen wir sehen, welches denn die Annehmlichkeiten oder Schönheiten sind, dadurch sich der Sommer vor andern Jahreszeiten auszeichnet. — Du sagtest vorhin: die Sonne stünde jetzt im Verhältniß zu unserer Erde am höchsten, ob dieß wohl auf die Tageslänge Einfluß haben mag? Sch. Allerdings. L. Wie sind denn jetzt die Tage bey uns, in Ansehung ihre Länge, im Vergleiche mit andern

Jahrs-

Jahrszeiten? Sch. Am längsten. L. Woher kommt dieß? Sch. Weil die Erde jetzt am längsten von der Sonne beschienen wird. L. Ich dächte, du sagtest lieber: weil der Theil der Erde, den wir bewohnen, jetzt 2c. — Welchen Nutzen hat denn die größre Tageslänge für den arbeitsamen Menschen? Sch. Er kann mehr arbeiten. L. Aber wenn der Mensch, der eine sitzende Lebensart führt, mehrere Stunden nach einander gearbeitet hat, was wünscht er da zur Erhaltung seines Körpers? Sch. Bewegung. Andere: Erholung! L. Wenn hat er dazu mehr Zeit, wenn die Tage lang oder kurz sind? Sch. Wenn sie lang sind. L. So hätten wir denn schon Etwas gefunden, was der Sommer Eignes hat. Was denn? Sch. Die Tage sind am längsten. L. Und der Nutzen davon? Sch. Man kann mehr arbeiten, hat aber auch Zeit, sich zur Erholung eine Bewegung zu machen. L. Ferner: Was siehst du jetzt auf den Getraidefeldern, das du im Frühlinge noch nicht sahest? Sch. Aehren. Wozu macht dieß dem Landmanne Hoffnung? Sch. Zur Aerndte. L. was entdeckst du jetzt, statt der Blüten, die sich im Frühling an den Bäumen befanden? Sch. Früchte. L. Früchte, die entweder schon völlig reif sind, oder sich doch mit jedem Tage immer mehr ihrer Reife nähern, so, daß derjenige, der mit Aufmerksamkeit die Natur beobachtet, sich mit jedem Tage aufs Neue von der Wahrheit überzeugen kann: die Güte des Herrn ist alle Morgen neu.

Welches waren also die Annehmlichkeiten des Sommers? Sch. Aehren auf den Feldern, Früchte an den Bäumen. L. Allein da in gegenwärtiger Jahreszeit die Strahlen der Sonne gerade herunterfallen, und nicht wie sonst schräge, so können sie auch größere Wirkung thun, als in andern Jahreszeiten; wie ist daher jetzt die Witterung? Sch. Sehr heiß. L. Wenn nun die Hitze sehr stark ist, wie wird sie da für uns? Sch. Beschwerlich — unangenehm. L. Aber wozu mag wol die größere Hitze des Sommers nöthig seyn? Sch. Zum Reifwerden der Früchte. L. Und wodurch wird sie zuweilen gemildert? Sch. Durch kühle Winde. L. Durch welche Naturerscheinung, die sich manchmal nach großer Hitze zu ereignen pflegt, wird die Sommerhitze noch mehr gemildert? Sch. Durch Gewitter. L. Und was ist damit gemeiniglich verbunden? Sch. Regen. L. Auſſer dem, daß Gewitter und Regen die Fruchtbarkeit befördern, haben sie also noch einen andern Nutzen für uns, welcher war es? Sch. Sie mildern die Hitze. — L. Wem haben wir auch diese Wohlthat zu verdanken? Sch. Gott. L. Aber alle diese Naturveränderungen, denk ich, erfolgen nach Naturgesetzen? Sch. Aber Gott hat ja diese Gesetze gemacht. L. Es ist noch Etwas, das uns gegen die Beschwerlichkeiten der Sommerhitze Schutz verschafft, was ist das wol? Sch. Der Schatten. L. Das Laub der Bäume ist daher jetzt größer, als es im Frühjahr war. Kinder, auch

das

das ist eine von den unerkanten Wohlthaten Gottes, deren es so unzählig viele giebt. Wir Alle haben gewiß schon in manchen heißen Sommertagen diese Wohlthat genossen, ohne dabey an den gütigen Vater der Natur zu denken, dessen weisen Naturgesetzen wir diese Einrichtung zu verdanken haben, die odrum immer eine Wohlthat bleibt, wenn sie auch gleich jeder unsrer Brüder, gemeinschaftlich mit uns genießen kann; ja, die eben deswegen in den Augen des Menschenfreundes, einen desto höhern Werth hat, weil sie der Arme, eben sowol, als der Reiche genießen kann, und sich dabei mit Dank an den gütigen Vater der großen Menschenfamilie erinnern, und mit froher Seele ausrufen kann.

(Die Versammlung:)

Von dir gesegnet, giebt der Baum
den Schatten, den man sucht;
und unter seiner Zweige Raum,
Erfrischung und auch Frucht.

Christl. Religionsges. f. d. Freisch. 26. v. 4.
L. Wenn wir also auf diese Natureinrichtung, die wir im Sommer wahrnehmen können, aufmerksam sind, worauf werden wir da zuerst geleitet? — Wer ist es, den wir als die erste Ursach hievon ansehen müssen? Sch. Gott. L. Zu wessen Besten ist dieß alles hauptsächlich so eingerichtet. Sch. Zum Besten des Menschen. L. An welche göttliche Eigenschaft werden wir also dadurch erinnert? Sch. An Gottes Güte. L. Kannst du dir wol

eine weisere, eine zweckmäßigere Einrichtung denken, als die vorhandene ist? Sch. Nein! L. Welche Eigenschaft muß also wol der Urheber der Natur — besitzen? Sch. Weisheit. L. Seit welcher Zeit findet denn schon diese Einrichtung in Ansehung der Jahreszeiten überhaupt, und besonders des Sommers statt? Sch. Einige: sehr lange. Andere: seit der Schöpfung. (Ich erinnere mich nicht recht mehr an die Antwort, die ich erhielt). L. Welche Eigenschaft schreibst du dem Wesen zu, das eine solche Einrichtung machen, und unverändert erhalten kann? Sch. Allmacht! L. Ja, Kinder, der dieß Alles wirket, ist Gott, ein gütiger, weiser, allmächtiger Gott. Also gab uns der Sommer zuerst Veranlassung, Betrachtungen anzustellen, worüber? Sch. Ueber Gottes Güte, Weisheit, Allmacht. L. Welche Wahrheit muß also dadurch nothwendig in unserem Gemüthe vester werden? Sch. Daß ein Gott ist. L. Allein aufmerksame Betrachtung der Werke Gottes überhaupt, und besonders auch der gegenwärtigen Jahreszeit, bevestigt uns nicht nur in dem Glauben an einen weisen, gütigen und allmächtigen Gott, und erzeugt in unsern Gemüthern Gefühle des Danks und der Bewunderung, über die Liebe und Größe Gottes, sondern leitet uns auch zum Nachdenken über uns selbst. — Wer hat denn außer Gott auch dazu beigetragen, daß man jetzt auf den Feldern Aehren und Früchte an den Bäumen erblickt? Sch. Der Mensch. L. Und was

hat

hat der Mensch daben gethan? Sch. Er hat den Acker bestellt, gesät L. Und was hat er dazu beigetragen, daß die Obstbäume Früchte zeigen? Sch. Die Bäume gepflanzt. L. Menschenfleiß war es, l. K., der Länder urbar machte, oder anbaute, und aus andern Ländern mehrere Getraidearten auf den vaterländischen Boden verpflanzte; Menschenfleiß war es, der aus den wärmern Ländern die schönsten Obstbäume zu uns herüber brachte, sie pflanzte, wartete und pflegte, und durch Kunst veradelte. Ohne die Betriebsamkeit des Menschen würde es in unserm Vaterlande noch jetzt so aussehen, wie es vor mehrern Jahrhunderten darin aussah. Wie es ehedem in Ansehung der Feld- und Gartenfrüchte in unserm Vaterlande aussah, das wißt ihr aus der vaterländischen Geschichte, davon euch das Wichtigste, das auf euer bürgerliches Leben Einfluß haben kann, in besondern wöchentlichen Unterrichtsstunden bekannt gemacht wird. — Wie sah es denn vor mehrern Jahrhunderten in unserm Vaterlande — aus? Sch. Es wuchsen nur wenig Früchte darin. L. Nur wenig Getraidearten, einige Waldbäume und einige wildwachsende Feldfrüchte, brachte der vaterländische Boden hervor. Wohlschmeckende Gartenfrüchte und Obstbäume fehlten gänzlich. Aber der Fleiß des Menschen rettete die Wälder, trocknete die Sümpfe aus, legte daselbst fruchtbare Gärten an, die er mit Früchten besäte und bepflanzte, welche er von den entferntesten

Län-

Ländern nicht ohne große Mühe herbeischaffte. Dadurch wurde nicht nur das Klima unsers Vaterlandes, sondern auch selbst der Himmelsstrich benachbarter Länder wurde sanfter und milderer gemacht, als er ehedem war. Der Mensch ist also gleichsam Mitschöpfer Gottes, der zur Verschönerung der Erde beitragen kann, und auch wirklich beigetragen hat. — Würde dieß wol außer dem Menschen ein anderes Erdengeschöpf zu thun im Stande seyn? Sch. Nein. L. Warum nicht? Sch. Weil nur der Mensch Vernunft hat. L. Wenn nun also der Mensch z. B. die Schönheiten des Sommers betrachtet, und zugleich dabey an das denkt, was er dazu beitrug, was für ein Gefühl muß da nothwendig in ihm entstehen? Sch. Ein frohes. L. Wird er sich blos über die Naturschönheiten freuen? — Woüber auch noch mehr? Sch. Ueber sich selbst. L. Dieses Gefühl nennt man das Gefühl der Menschenwürde. — Der Sommer erzeugt also, wenn wir aufmerksam darüber nachdenken, in uns was für ein Gefühl? Sch. Das Gefühl unsrer Menschenwürde. L. Wer gab uns aber diesen Vorzug, diese Würde? Sch. Gott. L. Und wozu ermuntert uns dieser Gedanke? Sch. Zum Danke gegen Gott. L. Noch zu manchen andern Betrachtungen giebt uns der Sommer Veranlaßung. Wenn wir auf das Reifwerden der Früchte aufmerksam sind, wie geschieht es, plötzlich, oder nach und nach? Sch. Nach und nach. L. Was liegt

in

in diesem stufenweisen Gange der Natur Lehrreiches für uns? — wie muß auch die Bildung unsers Geistes geschehen? Sch. Nach und nach. L. Allein, ist wol in der Natur jemals Stillstand anzutreffen? Sch. Nein. L. Sondern, was thut sie denn immer? Sch. Sie wirkt immer fort. L. Und welche lehrreiche Wahrheit könnten wir wol für uns daraus herleiten? Sch. Wir sollen auch immerfort thätig seyn. L. Also hätten wir schon wieder zwey lehrreiche Wahrheiten gefunden daran uns der Sommer erinnert, welche waren es doch? Sch. Wir sollen immerfort thätig seyn. L. Und die vorhergehende, an die uns das Reifwerden der Früchte erinnerte? Sch. Unser Geist muß nach und nach gebildet werden. L. So wie die Früchte mit jedem Tage sich ihrer Reife nähern, so müssen auch wir Alle, meine Kinder, mit jedem Tage neue Fortschritte in der Bildung unsers Verstandes und in der Veredlung unsers Herzens machen, müssen uns mit jedem Tage der Reife nähern, die wir nach Gottes Absicht erlangen sollen. Allein so wie in der Natur die Früchte nicht auf einmal, sondern nach und nach zur Reife kommen; so müssen auch wir, dem Gange der Natur gemäß, in Erlernung nützlicher Kenntnisse stufenweise vorwärts gehen. Jede Uebertreibung würde nicht nur nichts nützen, sondern sogar schädlich seyn, und verursachen, daß unser Geist nie seine gehörige Reife erlangte. Nicht alle Obst- und Gartenfrüchte werden zu gleicher Zeit

reife

reif, sondern manche früher, manche später. Dieß ist eine sehr weise und liebevolle Einrichtung des Urhebers der Natur, die dem Menschen nicht nur Abwechslung im Genusse, sondern auch gehörige Zeit zum Einsammeln jeder Frucht und mehrere andere Vortheile gewährt. Allein für uns kann die lehrreiche Wahrheit daraus hergeleitet werden, daß es eine gleiche Bewandniß mit dem Reifwerden des menschlichen Geistes habe. Einer gelangt früher, der andre später zur Reife; Jeder muß also seine Kräfte und Fähigkeiten gehörig kennen zu lernen suchen, mit jedem Tage neue Fortschritte machen, nach dem Maaße der Kräfte, das ihm die Vorsehung mit weiser Vaterhand zutheilte. Derjenige, der eine Wahrheit langsamer faßt, als der andere, muß sich dadurch nicht abschrecken lassen, immer weiter, wenn auch langsam, vorwärts zu gehen; derjenige aber, der eine Wahrheit leichter und schneller begreift, als der andre, muß sich dadurch nicht zur Trägheit verleiten lassen, weil er sieht, daß andre noch nicht so weit sind, als er, sondern er muß immer mit jedem Tage neue Fortschritte machen und denken: es sey Gottes Wille, daß er sich früher seiner Reife nähern solle, als ein andrer. — Wenn der Landmann jetzt im Sommer seine Getraidefelder mit vollen und beinah reifen Aehren erblickt, und der Gärtner seine Obstbäume mit beinah reifen Früchten, zu welcher Erwartung berechtigt ihn dieß? Sch. Daß er bald ärndten werde.

L.

L. Die Erwartung einer angenehmen Sache nennt man? Sch. Hoffnung. L. In dieser Rücksicht könnte man also den Sommer ein Bild wovon denn wol nennen? Sch. Von der Hoffnung. L. Das Saatfeld, m. K., und der Baum ist euer Bild. — Wer macht sich denn von euch Hoffnung? Sch. Unsere Aeltern und Lehrer. L. Was hoffen beide von euch? Sch. Daß wir gute und nützliche Menschen werden sollen. L. Was mußten die Bäume, von denen man jetzt bald Früchte abzunehmen hoffen kann, schon im Frühlinge zeigen? Sch. Blüthen: L. So oft ihr also, lieben Kinder, auf euren Spaziergängen in Gottes freier Natur, ein volles Getraidefeld, oder mit Früchten behangene Obstbäume erblickt: so müsse in eurer Seele der veste Entschluß hervorgebracht werden: auch wir wollen den Saatfeldern und Bäumen, deren Anblick den Landmann und Gärtner zur Hoffnung einer schönen Aerndte berechtigt, ähnlich seyn, so, daß auch unser Anblick unsern Aeltern und Lehrern die besten Hoffnungen von uns mache. Dann, m. K., kann auch in euch die Betrachtung des Sommers angenehme Hoffnungen erzeugen, wie sie dergleichen in der Seele des fleißigen Landmanns und Gärtners hervorbringt. Wenn du in der Jugend deine Kräfte und Fähigkeiten gut angewendet hast, was kannst du auch dann hoffen? Sch. Die Früchte meines Fleißes (oder Nutzen davon). L. Der Sommer ist also ein Bild, wovon? Sch. Von der Hoffnung.

L.

L. Das wäre also wieder etwas Lehrreiches, dărauf uns die Betrachtung des Sommers leitete. — Du sagtest vorhin, der Sommer hätte auch gewisse Beschwerlichkeiten für den Menschen, welche denn? Sch. Die große Hitze. L. Wozu war diese aber doch nöthig? Sch. Zum Reifwerden der Früchte. L. Wodurch wird auch zuweilen das Menschenleben beschwerlich gemacht, wie der Sommer durch die Hitze? Sch. Durch Leiden. L. Wozu werden auch wol diese nöthig seyn? Sch. Daß der Mensch seine völlige Reife erhalte, daß er vollkommen werde ꝛc. L. Ja, mein Kind, Leiden können von dem Menschenleben eben so wenig getrennt werden, als die Hitze vom Sommer. Allein, so wie ohne die größre Sonnenhitze die Feld- und Gartenfrüchte nicht ihre gehörige Reife erlangen würden; so würde auch der Mensch nicht ohne Leiden zur vollkommenen Reife des gebildeten Menschen gelangen. Durch Leiden muß er in der Geduld und in vielen andern Tugenden geübet werden; seine gute Denkungsart muß dadurch ihre gehörige Vestigkeit bekommen. Auch uns, meine Lieben, erwarten in diesem Erdenleben mancherlei Unannehmlichkeiten, die uns vielleicht stärker ängstigen können, als die drückendste Hitze des Sommers. Aber dies müsse uns unsern Muth nicht rauben. Eben der Gott, der Thau, Quellen, schattigtes Laub und erfrischende Früchte zur Stärkung und Erquickung, und zur Milderung der Sommerhitze, schuf,

schuf, der wird auch uns Quellen des Trostes für jede Art des Leidens, das uns begegnen kann, eröffnen.

(Die Versammlung.)

Mit ruhigem Gemüthe
Verlaß auf ihn dich fest,
und wiß', daß seine Güte
dich ewig nicht verläßt.
Selbst nach dem bängsten Leiden,
das dir begegnen kann,
bricht einst der Tag der Freuden,
der Tag der Ruhe an.

Christl. Religionsges. 218. v. 5.

L. Mit welchen Worten schloß sich dieser Gesang? Sch. Selbst nach ꝛc. L. Wenn meint ihr wohl, daß dieser Tag der Ruhe anbrechen wird? Sch. Mit dem Tode. L. Und auch daran, m. K., erinnert uns der Sommer. — Wenn die Hitze zu stark wird, und der Regen zu lange außen bleibt, was pflegt da zuweilen, schon am Mittage mit den Blumen zu geschehen, die noch früh blühten? Sch. Sie verwelken. L. Wovon ist dieses Verwelken der Blume wol ein Bild? Sch. Von unserm Tode. L. Welche Veränderung kann sich plötzlich mit uns zutragen? Sch. Daß wir sterben. L. Wozu muß uns dieser Gedanke ermuntern? Sch. Gut zu leben. L. Ja, zum weisen Gebrauch unsers Lebens, damit wir mit jedem Tage zu der Veränderung reif seyn, die wir uns un-

ter dem Verwelken der Blumen vorstellen. Immer müsse uns der Gedanke gegenwärtig seyn: der Sommer ist der letzte Zeitpunkt vor der Aerndte! vielleicht leben auch wir in dem letzten Zeittheile unsers Erdenlebens; vielleicht tritt auch für uns bald der Zeitpunkt ein, wo nicht mehr gesät und auf die Aerndte gehofft, sondern wirklich geerndtet wird. Wohl uns alsdann, wenn wir hier zur Aerndte reiften! L. Wer wiederholt mir kurz die lehrreichen Betrachtungen, dazu uns der Sommer Veranlassung gab? — Zuerst erinnerte uns der Sommer, an wen? Sch. An Gott — ꝛc. — L. Was für ein Gefühl erzeugte der Gedanke, daß auch der Mensch zur Schönheit der Erde und des Sommers beigetragen hat? Sch. Das Gefühl unsrer Menschenwürde. L. Was konnten wir aus dem Gange der Natur in Ansehung des Reifwerdens der Früchte lernen? Sch. Man muß nach und nach, aber täglich neue Fortschritte machen. L. Wovon war der Sommer, in Rücksicht eurer Aeltern und Lehrer, und eurer selbst, ein Bild? Sch. Von der Hoffnung. L. Was hatte das Menschenleben Aehnliches mit der Abwechslung der Witterung im Sommer? Sch. Freuden und Leiden wechseln im menschlichen Leben mit einander ab. L. Und woran erinnerte uns eine Erscheinung, die wir bei großer Hitze des Sommers an den Gewächsen oft wahrnehmen können? Sch. An unsre Sterblichkeit. L. Wenn ihr, meine lieben
jun-

jungen Freunde und Freundinnen, jetzt bei dem Eintritte des Sommers, solche und ähnliche Betrachtungen anstellt; dann wird die Natur euch nicht nur eine Quelle der reinsten Menschenfreuden eröffnen, und euer Herz zur innigsten Anbetung ihres großen Urhebers stimmen, sondern sie wird auch für euch eine wahre Schule der Weisheit und Tugend werden. Das sollte sie nach Gottes Absicht für alle Menschen seyn. Darum führte er auch die ersten Bewohner der Erde in die freie und offene Natur ein, damit durch ihren Anblick ihre Gefühle, und nach und nach ihre Gesinnungen veredelt würden. Von diesem wohlthätigen Einflusse, den die aufmerksame Betrachtung der Natur auf die Veredlung des menschlichen Geistes hat, finden wir auch unverkennbare Spuren bei allen den Personen, von denen wir wissen, daß sie gern Gottes schöne Natur betrachteten. Durch Herzensgüte und Reinigkeit der Sitten, zeichnete sich der Mann aus, dessen Geburtstag wir heute feiern. Aber wo war sein gewöhnlicher Aufenthalt? In der freien Natur war er. Wer zeichnete sich mehr durch Unschuld und Herzensgüte aus, als der Stifter unserer Religion? Wer aber verweilte lieber in Gottes schöner Schöpfung, als er? Wie manchen schönen Morgen betrachtete er auf einer Anhöhe den prachtvollen Aufgang der Sonne. Hier war es, Kinder, wo er den großen, göttlichen Gedanken in seiner Seele belebte: was diese Sonne, die durch re Strahlen über die Erde Licht und Wärme verbreitet, für die Erde ist, das willst du für die Seelen deiner Brüder, der lieben Menschen seyn, — ein Licht, eine Sonne. Und bald darauf, vielleicht auch beim Anblicke der aufgehenden Sonne, sprach er zu seinen Freunden, die ihn begleiteten: Ich bin die Sonne, ich bin das Licht der Menschen! Sein schönster Tempel, wo er seinen und der Welten Vater so oft und so gern mit wahrer Herzensandacht anbetete, war die Natur. — Solche und ähnliche Betrachtungen müssen auch euch, meine Kinder, ermuntern, auf die Schönheiten, die die Natur in jeder Jahreszeit darbietet, aufmerksam zu seyn, und einige lehrreiche Wahrheiten daraus herzuleiten. Denn nur für denjenigen, der sich gewöhnt, die Werke Gottes, die auf dem Erdboden verbreitet sind, mit Nachdenken und Gefühl zu betrachten, und Gott in diesem Tempel der Natur zu verehren, für den nur kann der Anblick schönerer Werke Gottes in andern Welten lehrreich und erfreulich seyn, und nur der ist geschickt, in höhern und schönern Tempeln, als diese Erde ist, dereinst Gott anzubeten.

Gebet.

Zu dir, o Allgütiger, steigt jetzt aus der Fülle unsers Herzens, unser kindlicher Dank empor. Jede Schönheit der Natur, die unser Herz zur Freude stimmt, ist ein Geschenk deiner Vatergüte.

Mit

Mit milder Vaterhand verbreitetest du auch in dieser Jahreszeit so mannichfaltige Schönheiten über unsre Erde. Der Baum, der uns Frucht und Schatten giebt, die Luft, die uns nach der Hitze angenehme Kühlung gewährt, Gewitter, Thau und Regen, die unsern Erdboden fruchtbar machen, die ährenreichen Felder, deren Anblick unser Herz mit Freude und Hoffnung erfüllt, das Alles, Alles sind Wohlthaten, die wir dir, o Vater, zu verdanken haben.

Ja, Dank, innigster Dank sey dir, daß du uns durch erhabene Vorzüge vor der ganzen sichtbaren Schöpfung so auszeichnetest, daß du unserm unsterblichen Geiste Vernunft schenktest, und ihn dadurch fähig machtest, über dich, den Unendlichen, und über die Schönheiten deiner Erde nachzudenken, und sich, durchdrungen von dem Gefühle seiner Menschenwürde, darüber zu freuen.

Auch heute gabst du uns wieder Gelegenheit, über deine großen Werke nachzudenken, und aus dieser Quelle Weisheit und Tugend für das tägliche Leben zu schöpfen. Dafür danken wir dir mit gerührter Seele, und bitten dich: erhalte uns auch für die Zukunft diese und andere Wohlthaten des Lebens. Beglücke die Arbeiten eines Jeden, die sowol auf die Verbesserung deiner Erde, als auch auf die Veredlung ihrer Bewohner, deiner Menschen, gerichtet sind. Segne auch in dieser Rücksicht die Bemühungen unsrer Obrigkeit und des geliebten Vorstehers unsrer Schule. Segne den Fleiß unsrer Lehrer, Aeltern und Mitschüler. Segne, o guter Vater, auch unsre Bemühungen, damit unser Geist sich mit jedem Tage immer mehr derjenigen Reife nähere, zu welcher er, nach deinem weisen und heiligen Willen, gelangen soll, damit wir alle uns durch reine Tugend des hohen Glücks würdig machen, einst an dem Freudengenusse der Schönheiten in höhern Welten, würdigen Antheil zu nehmen, und dich, in schönern Tempeln, als diese Erde ist, mit Geist und Herz, ewig, ewig anzubeten. Amen!

L. Gott gebe, daß ihr jederzeit Sinn und Herz für die Schönheiten der Natur habt.

Kinder. Das gebe Gott!

L. Und daß ihr bei jedem Freudengenusse an ihn, den gütigen Vater der Natur, denken möget.

Kinder. Das gebe Gott!

L. So werdet ihr mit jedem Tage immer mehr und mehr, eurer großen Menschenbestimmung gemäß, denken und handeln lernen.

Kinder. Ja, wir wollen als Christen denken und handeln. Amen.

Lied 7, v. 1-4. Wenn ich, o Schöpfer ꝛc.

Dolz.

3. **Bei der Todesfeier einer Schülerin, den 4ten May 1794.**

Vor wenig Tagen, meine geliebten Kinder, standen noch die Bäume in ihrer vollen Blüte, aber gehet jetzt in die Gärten, und — die Blüten der Bäume sind größtentheils verschwunden. Ein treffendes Bild menschlicher Vergänglichkeit, das einen jeden von uns lebhaft an die Wahrheit erinnert: Meine Lebenszeit verstreicht ꝛc.

Chr. Religionsges. 257. v. 1. u. 2.

Gebet.

Noch jetzt, allweiser Vater und Regierer unsers Lebens, noch jetzt leben wir auf deiner Erde; noch können wir durch unsre Sinne und durch unsern Geist die Freuden genießen, die du auf derselben so väterlich für uns, deine Kinder, bereitet hast. Aber bald vielleicht, rufst du uns von dieser Erde ab, und führst uns durch das Thal des Todes in höhere Wohnungen deines unermeßlichen Reichs, damit wir dort deine erhabenen Eigenschaften und Werke deutlicher, als hier, erkennen, damit wir zur Ausübung reinerer Tugend, und zum Genusse höherer Seligkeit gelangen mögen. O gewiß hast du, anbetungswürdiger Vater, noch unendlich schönere Tempel deiner Verehrung, als diese Erde ist. Dank und Anbetung sey dir, für die Hoffnung, die du selbst in unser Herz pflanztest, daß auch wir dich einst in jenen höhern Tempeln verehren werden.

Belebe du selbst unsern vesten und heiligen Vorsatz, die Tage unsers Erdenlebens so zu benutzen, daß wir einst würdig erfunden werden, dich, unsern Gott und Vater, in Gemeinschaft mit allen Guten und Seligen ewig anzubeten. Laß auch durch die heutige Andachtsübung unsern Glauben an eine selige Unsterblichkeit bevestigt werden. Amen.

Diese frohe Hoffnung wollen wir jetzt zu beleben suchen durch den 266sten Gesang: Einst, freuet euch, Brüder, reist ꝛc.

Als ich mich, lieben jungen Freunde u Freundinnen, am ersten Tage dieses Jahres mit euch in diesem Betsale unterredete, und euch, bei Betrachtung des menschlichen Lebens, unter dem Bilde einer Reise, zur Dankbarkeit gegen Gott, und zum kindlichen Vertrauen auf die Vorsehung, wegen der künftigen Schicksale eures Lebens, zu ermuntern suchte, da, m. K. äußerte ich den Gedanken: nur dem allgemeinen Weltregierer sey es bekannt, ob wir dieses ganze Jahr hindurch in Verbindung mit allen unsern Freunden bleiben würden, oder ob vielleicht noch vor Ablauf desselben, der Tod eine Trennung der Freundschaft verursachen könnte. Allein damals konnte es keiner voraussehen, daß noch in der ersten Hälfte des Jahres eine eurer guten Mitschülerin, die damals noch mit so vieler lobenswerthen Aufmerksamkeit an unserer Unterredung Antheil nahm, und selbst

durch

durch lautes Vorlesen eines Liedes, unsre Dankgefühle gegen Gott zu beleben suchte, auf die ganze Zeit eures Erdenlebens von euch getrennt werden würde. Erwartet von mir keine Lobrede auf eure entschlafene junge Freundin. Ihr sittliches Betragen war die beste Lobrede für sie. Von ihrem Fleiße und gebildetem Verstande gaben die Antworten, die sie bei unsern wöchentlichen und sonntäglichen Unterredungen gab, und die in der That mehr Nachdenken und Reife des Verstandes verriethen, als man von einer Schülerin ihres Alters gewöhnlich erwarten kann, den besten Beweis. — Aber, lieben Kinder, warum läßt doch Gott so gute junge Menschen, die so viele Hoffnungen erwecken, so früh sterben? Wie viel Gutes hätte eure selige Mitschülerin bei einem längern Leben nicht noch hier lernen und thun, wie viel Samen hätte sie nicht noch für die Aerndte der Ewigkeit ausstreuen können! Diese und viele ähnliche Fragen lassen sich hierbei aufwerfen; und alles, was sich darauf antworten läßt, sind bloße Vermuthungen, davon die eine mehr, die andere weniger Wahrscheinlichkeit hat. So ist es z. B. eine nicht unwahrscheinliche Vermuthung, daß eure entschlafene Mitschülerin bei ihrem siechen und kranken Körper wenig frohe Lebenstage gehabt haben würde, und daß also in dieser Rücksicht schon ihr früher Tod Wohlthat für sie war. Aber schon ungewisser ist eine andere Vermuthung, dadurch man sich gewöhnlich über den frü-

frühen Tod seiner Freunde zu beruhigen sucht: vielleicht, sagt man, vielleicht würde der gute Mensch, der jung stirbt, in der Folge seines Lebens nicht so tugendhaft und gut geblieben seyn; vielleicht, in der Folge, wenn er durch mehrere Verbindungen vester an diese Erde gefesselt worden wäre, nicht so ruhig und gelassen gestorben seyn, als er in der Jugend starb. Wenn also auch diese und ähnliche Vermuthungen, nicht bei allen die Stelle der Trostgründe vertreten können: so läßt sich doch aus andern Gründen darthun, daß Tod überhaupt, und also auch früher Tod, nicht so furchtbar sey, als man insgemein glaubt. Hiervon, m. K., wollen wir uns jetzt zu überzeugen suchen.

L. Ihr wißt, l. K., jede Sache kann von einer doppelten Seite betrachtet werden, nämlich von einer angenehmen und von einer unangenehmen. Wie wird man also auch den Tod betrachten können? Sch. Auch von einer doppelten Seite. L. Welchen Eindruck muß nothwendig der Tod auf diejenigen machen, die sich ihn als den Zerstörer aller menschlichen Wohlfahrt denken, oder wol gar unter solchen Bildern, wie man ihn auf alten Grabmälern vorgestellt findet? Sch. Einen fürchterlichen. L. Sollen wir uns denn aber den Tod unter gar keinem Bilde denken? Sch. O ja! L. Wir denken uns ja viele andere Dinge, die nicht in die Sinne fallen, unter gewisse Sinnbilder, z. B. die Jugend unter dem Bilde welcher Blume doch? Sch. Unter dem Bilde der Rose. L. Die Unschuld?

schuld? Sch. Unter dem Bilde der Lilie. L. Eben so können wir uns auch den Tod unter gewissen Bildern denken. — Was müssen denn das aber für Bilder seyn, unter welchen man sich den Tod denken muß, wenn er nicht furchtbar für uns seyn soll? Sch. Angenehme. L. Was muß denn aber allemal zwischen dem Bilde und der abgebildeten Sache statt finden? Sch. Eine Aehnlichkeit. L. Was wird also auch zwischen dem Tode, und dem Bilde, unter welchem wir uns den Tod denken, statt finden müssen? Sch. Eine Aehnlichkeit. L. Fällt dir etwa eine Veränderung ein, die täglich mit uns vorgeht, und die eine gewisse Aehnlichkeit mit der Veränderung hat, die wir Tod nennen? Sch. Ja, der Schlaf. L. Unter welchem Bilde würdest du dir also wol den Tod denken können? Sch. Unter dem Bilde des Schlafs. L. Wir wollen sehen, welche Aehnlichkeit zwischen diesen beiden Dingen statt findet. Eine Aehnlichkeit haben wir schon gefunden; was geht im Schlafe, und was geht im Tode mit uns vor? Sch. Eine Veränderung. L. Wenn wir schlafen, wie ist da unser Leib? Sch. Unthätig. L. Aber was thut die Seele? Sch. Sie wirkt fort. L. Welcher von unsern beiden Bestandtheilen wird auch nur durch den Tod unbrauchbar gemacht? Sch. Der Leib. L. Aber was thut die Seele auch nach dem Tode? Sch. Sie wirkt fort, — ist thätig. L. Welches ist also die zweite Aehnlichkeit, die zwischen Schlaf und

und Tod statt findet? Sch. Im Schlafe und Tode ist der Leib unthätig, die Seele aber nicht. L. Wofür sieht jeder den Schlaf nach mühevoller Arbeit an? Sch. Für eine Wohlthat; für etwas Angenehmes. L. Wofür wird man auch den Tod nach den Erdenleiden ansehen können? Sch. Auch für eine Wohlthat. L. Ja, Kinder, wohlthätig ist nach langer Arbeit ein sanfter Schlummer, und wohlthätig ist nach Leiden und Mühseligkeiten der Tod. Auch für das Kind, das vom Weinen müde ist, ist der sanfte Schlummer in den Armen seiner Mutter wohlthätig. Mit dem Eintritte des Schlafs hören seine Schmerzen, seine Thränen auf. Sollte nicht also auch für das Kind, das durch die Schmerzen der Krankheit ermüdet ist, der längere Schlummer im Schooße der mütterlichen Erde, wohlthätig seyn, der Schlummer, der allen Erdenleiden ein Ende macht? — Schlaf und Tod sind also beide für die Müden was denn? Sch. Eine Wohlthat. L. Was erfolgt nach dem Schlafe, wenn der frohe Morgen eintritt? Sch. Wir erwachen. L. Was glauben wir, nach den Lehren der heiligen Bücher, das auch nach jenem längern Todesschlafe erfolgen werde? Sch. Die Auferstehung; ein Erwachen! L. Ja, frohes Erwachen zur Ewigkeit, am frohen Auferstehungsmorgen, neues verjüngtes Leben ist Folge des Todes. Mit neuen Kräften, mit heiterm und munterm Geiste wachen wir am Morgen vom sanften Schlafe auf, betrachten mit frohem
Blicke

Blicke alles, was um uns her ist und vergeht, und
fühlen uns zu den Geschäfften des Tages neu gestärkt. Mit jugendlicher Kraft, mit neuer Munterkeit, und geschickt zu den Geschäfften des höhern
Lebens, wird sich auch nach dem Tode ein schöneres
Werkzeug der Seele, ein veredelter Leib aus dieser
Hülle entwickeln und erheben, so wie sich aus der todt-
scheinenden Raupe ein junger, buntfarbiger Schmetterling — ein schönes Bild unsers neuen Lebens *)
— entwickelt. — Tod, m. K., ist also nichts anders, als längere Ruh, längerer Schlaf unsers uns
brauchbar gewordenen Leibes im Schooße der küh-
len Erde. Und so denkt euch auch den Tod eurer
verstorbenen Mitschülerin:

 Wohl ihr, daß sie früh schon fand
 sanfte Ruh der Müden;
 unter Gottes Vaterhand
 schlummert sie in Frieden!

Wenn hört also der Tod auf, so furchtbar zu seyn,
als man insgemein glaubt? Sch. Wenn man sich
ihn unter dem Bilde des Schlafs denkt. L. Aber
auch noch unter andern angenehmen Bildern kann
man sich den Tod denken. — Würde es dir angenehm seyn, wenn du immer deinen jetzigen Platz
in dieser Schule behieltest, immer in dieser (der

           2ten

---

*) Auf einem im Betsaale aufgehängten Gemälde,
worauf der Name der verstorbenen Schülerin
stand, war ein Schmetterling auf einer Lilie ab-
gebildet 2c.

2ten) Klasse bliebest? Sch. Nein. L. Wenn du dich durch Fleiß und gute Sitten auszeichnest, was kannst du da bey der Versetzung hoffen? Sch. Daß ich auf einen höhern Platz, — (in die erste Klasse) kommen werde. L. Und was wirst du darüber empfinden? Sch. Freude. L. Ob auch wol zwischen dem Versetzen aus einer niedern Klasse in eine höhere, und zwischen dem Tode eine gewisse Aehnlichkeit Statt finden mag? Sch. Ja. L. Kann der Unterricht in einer Klasse ganz so beschaffen seyn, wie in der andern? Sch. Nein. L. Warum nicht? Sch. Weil nicht alle Schüler in Kenntnissen gleich weit sind. L. Wodurch muß sich also der Unterricht in höhern Klassen, von den in niedern unterscheiden? Sch. In den obern Klassen lernen die Schüler schwerere Sachen, als in den untern. L. Durch den Tod wird man aus einer niedern Klasse in eine höhere versetzt, um dort wichtigere Sachen zu lernen, die man in der niedern Klasse noch nicht fassen konnte. — Unter welchem Bilde kann man sich also den Tod denken? Sch. Unter dem Bilde des Versetzens aus ꝛc. L. Und wenn man ihn so denkt, wie wird er uns da nicht mehr vorkommen? Sch. Nicht mehr so furchtbar. L. Auch auf eure entschlafene Mitschülerin paßt dieses Bild l. K. Hier in dieser Schule konnte sie in keine höhere Klasse kommen; denn durch ihren Fleiß und durch ihre gute Sitten hatte sie sich in der ersten Klasse den ersten Platz erworben.

Aber

Aber durch die Veränderung, die vor einigen Tagen mit ihr vorgieng, ist sie in eine höhere Schule versetzt worden. — Wenn einer, der sein Amt treu verwaltete, von seinem Fürsten zu einem wichtigerem Amte in ein beßres Land abgerufen wird, wofür sieht er das an? Sch. Für eine Belohnung. L. Wende dieß einmal auf den Tod an, und wir haben wieder ein Bild, unter welchem wir uns den Tod denken können. Durch den Tod ruft uns Gott von der Erde ab, wohin? Sch. In den Himmel. L. In welcher Absicht? Sch. Uns zu belohnen. — L. Wer also hier seine Geschäffte treu verrichtete, wofür sieht der diesen Ruf in ein anderes Land an? Sch. Für eine Belohnung. L. Er fürchtet sich nicht, von seinen bisherigen Geschäfften Rechenschaft abzulegen. Denn sein eignes Gewissen verkündigt ihm das frohe Urtheil Gottes, des Todtenrichters: Heil dir! du frommer und treuer Diener, du warest im Kleinen treu, jetzt sollen dir zur Belohnung wichtigere Geschäffte anvertraut werden. — Unter welchem Bilde konnte man sich also auch den Tod denken? Sch. Unter dem Bilde des Rufs in ein beßres Land, zu höhern Geschäfften. L. Unter einem ähnlichen Bilde stellt Jesus den Tod vor. Wie kündigt er Joh. XVI. 16. seinen Freunden seinen bevorstehenden Tod an? Sch. Ich gehe zum Vater. L. Wie nennt er also hier seinen Tod? Sch. Ein Hingehen zum Vater. L. Diese Redensart war damals nicht ungewöhnlich. Wer einerinnert sich nicht in den Schriften der jüdischen Religionsverfassung gelesen zu haben: zu seinen Vätern gehen, zu seinen Vätern versammelt werden? und diese Redensart hieß so viel, als —? Sch. Sterben. L. Wer ist denn der Vater, den Jesus hier meint? Sch. Gott. L. Wo ist denn Gott? Sch. Ueberall. L. Was heißt denn das? Gott ist überall?. Sch. Ueberall kann man Beweise seiner Macht, Weisheit und Güte wahrnehmen. L. Wenn nun gesagt wird, Gott ist im Himmel, wie ist das zu verstehen? — Was versteht man unter dem Himmel, im Gegensatze der Erde? Sch. Das, was über uns ist. L. Wo glaubst du wol, daß Gott seine erhabenen Eigenschaften noch mehr, als auf Erden offenbaret hat? Sch. In dem Himmel. L. Betrachtet nur, m. K., mit Aufmerksamkeit an einem heiteren Abende den gestirnten Himmel. Tausend und aber tausend Sterne, die zum Theil weit größer sind, als unsre Erde, entdecken wir schon mit bloßem Auge, und noch unzählig mehrere durch Fernröhre. Da nun unser Erdboden, der gegen die unermeßliche Schöpfung nur ein kleiner Punkt ist, schon so viele Beweise von Gottes erhabenen Eigenschaften enthält, welche herrliche Werke Gottes, welche bewunderungswürdige Beweise seiner Weisheit, Güte und Macht werden nicht erst in dem Himmel anzutreffen seyn! Und der Tod, m. K., — ist uns Führer — dahin, ist Eingang zum Vater. Wer also hier sich

be-

bestrebt, gut zu seyn, dem ist der Tod nicht furchtbar. Mit heiterem Geiste schließt der Tugendhafte sein schwaches Auge, fühlt sich zum Antritte der Reise gestärkt durch den frohen Gedanken: ich gehe zum Vater! — Wenn man sich den Tod so denkt, wie kann er uns da wol nicht mehr vorkommen? Sch. Nicht mehr furchtbar. L. Was empfinden zwar gute, gefühlvolle Aeltern, wenn sich Eins ihrer guten Kinder von ihnen trennen muß, und nach einen andern Orte geht? Sch. Betrübniß. L. Aber wenn sie gewiß wissen: es werde ihrem Kinde dort besser gehen, als es ihm in dem väterlichen Hause gegangen seyn würde, es lebe dort unter lauter guten Menschen; was muß durch diese Ueberzeugung nothwendig gemildert werden? Sch. Ihre Betrübniß. L. Und wo glaubst du, daß es der gute Mensch gewiß besser haben wird, als auf Erde? Sch. In dem Himmel. L. Alle die Uebel, die hier aus unserm hinfälligen Körper entspringen, müssen dort wegfallen. Ungestörter wird dort der Geist nach Wahrheit forschen, ungehinderter, als hier, Gutes wirken, und reinere Freuden, als hier genießen können. Auch die Reizungen zur Sünde, deren der Mensch hier ausgesetzt ist, sollen dort wegfallen. Ach! ich kann es nicht ohne tiefe Rührung meines Herzens denken, — wie manchen Kampf wird es euch noch kosten, m. l. j. Fr. u. Fr. den Reizungen zu widerstehn, die eurer Unschuld und Tugend Gefahr drohen. — Eure selige Freundin

din nimmt den Kranz der Unschuld mit ins Grab, o möchtet ihr ihn doch Alle mitnehmen! Dann darf auch euer Herz nicht angstvoll beben, wenn der letzte Abend eures Lebens eintritt, wenn diese Sonne eurem Auge zu scheinen aufhört. Denn ihr könnt voll der frohen Hoffnung seyn: dem Unschuldigen und Tugendhaften, dem der reines Herzens ist, muß die Sonne ewig, ewig Freude ins Herz scheinen. Wer nennt mir noch einmal die angenehmen Bilder, unter welchen man sich den Tod denken kann. Sch. Schlaf, Versetzen in eine höhere Klasse, Abrufung in ein beßres Land zu höhern Geschäfften, Hingang zum Vater. L. Aber alle diese Bilder beruhen auf dem Glauben, an welche Wahrheit? Sch. An Unsterblichkeit. L. Ueber die Gründe für diese Wahrheit haben wir nun in den Osterfeiertagen nachgedacht, du wirst sie mir also wol kurz noch nennen können. Sch. Der Mensch kann sich hier oft mehrere Einsichten erwerben, als er für dieß Leben anwenden kann, er kann aber nicht zu der Einsicht gelangen, dazu er zu gelangen wünscht, nicht zu der Tugend, die er erreichen soll, nicht zu der Glückseligkeit, die er hofft *). L. Tod, l. K., und also auch früher Tod, ist nicht so furchtbar, als man insgemein glaubt. Der erste fürch-
tet-

*) Es versteht sich, daß hier durch eigene eingeschaltete Fragen, die Schüler auf diese Antwort geleitet werden.

A. d. Verf.

terliche Eindruck, den er auf das Gemüth des Sterblichen zu machen pflegt, wird sehr gemildert, wenn man sich ihn unter angenehmen Bildern denkt, unter dem schönen Bilde des Schlafs der Versetzung aus einer niedern Klasse in eine höhere, des Rufes in ein besseres Land zu einem höheren Geschäffte und endlich als Hingang zum Vater. Diese und ähnliche Vorstellungen präget also euren jungen Gemüthern tief ein, und gewiß, ihr werdet dem Tode, so wie jeder andern Veränderung, gelassen entgegen sehen, ihr werdet ohne bange Furcht an diesen Führer in's Land höherer Tugend und Seligkeit denken können. Aber auch die Wahrheit, daß der Mensch in jedem Lebensalter zum Tode reif sey, vergesset bei keiner Gelegenheit. So oft ihr die Blüthen der Bäume abfallen sehet, so denkt: eben so wird die Blüthe und Munterkeit deines Körpers auch dahin welken. So oft ihr ein Insekt sich in der Erde sein Grab bauen sehet, so erwache in euch der Gedanke: eben so wird auch einst für deinen Leib in der Erde die Gruft bereitet werden. Jeder Schlaf sey euch auch in dieser Rücksicht Erinnerung an den Tod. Vergesset es nie, meine gute Kinder, was euch am ersten Tage dieses Jahres eure nunmehr entschlafene Mitschülerin hier in diesem Betsale, mit so vieler Empfindung und Wärme des Herzens zurief. Gott!

Schnell entflieht die edle Zeit,
groß sind unsre Pflichten!

Schulfr. 10s Bdch. L Lehr'

Lehr' uns für die Ewigkeit
alle treu verrichten!

Chr. Relig. gef. 289. v. 7. *)

Nun folgte die beiliegende Rede, von dem Herrn Mag. Rost gehalten. Hierauf aus den Chr. Religionsgef. Lied 385. Auch Rosen welken ꝛc.

Schlußgebet.

Wir danken dir mit gerührtem Herzen, anbetungswürdiger Vater, daß du durch Gründe der Vernunft und Schrift den Glauben an die ewige Fortdauer unsers Geistes in uns bevestigt hast. O wie trostvoll ist auch jetzt bey dem Tode unsrer guten Mitschülerin für uns der Gedanke: ihr Tod ist froher Hingang zu dir, dem Vater des Lebens! wie beruhigend ist für uns die Hoffnung, daß sie die angefangene Bildung und Veredlung ihres Verstandes und Herzens in einer höhern Schule, unter deiner Vaterleitung schneller und vollkommener, als hier, vollenden werde.

Zwar verursacht ihre Trennung von uns unsern Herzen gerechte Betrübniß; aber wir wollen nicht trauren, wie diejenigen, die keine Hoffnung haben.

Auch wir müssen uns einst von unsern Freunden und von dieser Erde trennen, und Mancher von uns

---

*) Dieser Vers aus einem Liede, das am Neujahrstage die Verstorbene vorgelesen hatte, ward itzt gesungen.

uns vielleicht früher, als wir es vermuthen. O möchte uns doch dieser Gedanke ein kräftiger Antrieb seyn, unser kurzes Erdenleben mit Weisheit zu benutzen, und hier Tugendsaamen für die Aerndte der Ewigkeit auszustreuen. Dann wird uns der Gedanke an unsern Tod, an unser Grab gewiß nicht furchtbar seyn. Dann werden wir am Abende unsers Lebens, unsern unsterblichen, für eine Ewigkeit geschaffenen Geist, mit christlicher Gelassenheit in deine Vaterhände empfehlen können.

Ja, Vater des Lebens, nie wollen wir es vergessen, daß unser gegenwärtiges Leben nur Erziehung, nur Vorbereitung zu einem höhern Leben sey, wo du die edlen Keime, die hier unentwickelt blieben, zur vollkommenern Reife bringen wirst.

So lange wir indessen noch hier sind, empfehlen wir uns und alle Menschen deiner väterlichen Vorsorge. Segne unsre liebe Obrigkeit und besonders den geliebten Vorsteher dieser Schulanstalt, dessen unermüdeter Sorgfalt wir es zu verdanken haben, daß wir zu guten und brauchbaren Menschen für die Erde, und dadurch zu guten und seligen Bewohnern einer bessern Welt vorbereitet werden.

Laß den Saamen, der Weisheit und Tugend, den hier unsre guten Lehrer ausstreuen, die gesegnetesten Früchte bringen. Laß auch durch uns und unsre lieben Mitschüler, dein Reich, das Reich der Wahrheit und Tugend, vermehrt werden.

Mit kindlicher Ehrfurcht, Vater aller Menschen, beten wir zu dir. Laß Wahrheit und Tugend immer mehr auf deiner Erde verbreitet werden. — Dein heiliger Wille geschehe hier, wie in höhern Welten — Heute gieb uns, was wir heute bedürfen — Fehlen wir, o so verzeihe, wie wir verzeihen unsern fehlenden Brüdern. — In jeder Tugendübung unterstütze du uns, und mache uns stark in der Versuchungsstunde. — Nimm uns einst, wann die Zeit der Vorbereitung, des Kampfs und der Duldung vollendet ist, in die Wohnungen der Seligen, wo du, Heiliger und Allmächtiger, herrschest herrlich und ewig. Amen.

Lehrer. Benutzt euer Erdenleben so, daß ihr Alle ohne Furcht an den Tod denken könnet.]

Kinder. Das gebe Gott!

L. Der Gedanke an den Tod lehre euch, mit Weisheit eure Freuden wählen und genießen.

K. Das gebe Gott!

L. Dann werdet ihr euch, wenn der letzte Abend eures Lebens herannaht, freuen können, gelebt zu haben!

K. Ja, wir wollen als Christen denken und handeln. Amen.

Lied 83. v. 6. Wohl mir, wenn ich aus ꝛc.

Dolz.

Anmerkung des Herausgebers.

Ich kann nicht anders glauben, als daß ich durch die Mittheilung dieser Proben von der Lehrart in der vortrefflichen Freischule zu Leipzig, den Lesern des Schulfreundes, Freude nicht nur gemacht habe, sondern auch Schullehrern wirklich nützlich geworden bin. Wem man es erst sagen und fühlbar machen müßte, was eigentlich schön und trefflich an diesen sokratischen Gesprächen sey, den müßte man wenigstens als einen Mann bedauern, der für so etwas so wenig Sinn als Kenntniß und Begriffe von wahrhaft guter Lehrmethode habe! — Eben so sehr ist es mir Freude, hier noch beifügen zu können, daß meine Leser sich künftig noch auf mehr so schöne Proben von der sokratischen Lehrgeschicklichkeit meines Freundes, des würdigen Herrn M. Dolz, Hoffnung machen können.

---

4. Rede, gehalten zum Gedächtnisse der ersten Schülerin, aus der ersten Mädchenklasse, Friederike Kirchhofin, den 4. May 1794.

Nichts von alle dem, was Gott erschaffen hat, ist vergebens da; nichts von dem, was wir im weiten Raume der Welt erblicken, geht verloren; dies, lieben Kinder, sind zwei Gedanken, die uns die Weisheit unsers Gottes im höchsten Grade verehrungsrungswerth machen, und uns zugleich über die Vergänglichkeit der Dinge, und über unsre eigne Hinfälligkeit, vollkommen beruhigen können. Zwar sehen wir täglich unzählige Dinge in der Natur hinwelken, sehen, daß sie zerstöret werden, und vor unsern Augen endlich ganz verschwinden; aber diese Zerstörung und Auflösung ist noch keine Vernichtung, es ist nur Veränderung, nur Umwandlung in einen andern und vollkommnern Zustand. Der Tropfen, welcher im warmen Sonnenschein vor eurem Anblick verschwindet, ist deswegen nicht vernichtet, er ist in unsichtbaren Dünsten in die höhere Luft gestiegen, und wird bald wieder im fruchtbaren Regen zur Erde nieder fallen. — Die Flamme eines verloschenen Lichts ist noch nicht aus Gottes Welt verschwunden, sie hat sich nur zerstreut, ist in den feinsten Theilen in andere Körper übergegangen, und wirket wieder in ihnen Kraft zum Wachsthum und Leben. So ist es mit allen leblosen und lebendigen Geschöpfen in der Welt, sie wirken alle eine Zeitlang, leiden hierauf eine Veränderung, kommen dann in einen neuen Zustand, und wirken nun wieder mit neuen, verjüngten Kräften fort. — Von dieser Wahrheit könnt ihr, lieben Kinder, euch noch lebhafter überzeugen, wenn ihr eure Gedanken auf die jetzigen Begebenheiten in der Natur richten wollet. Die Bäume, welche vor einiger Zeit noch ganz erstorben und ohne allen Saft zu seyn schienen, fiengen mit neuen Kräften an, die

zahl-

zahlreichsten Knospen hervorzutreiben, aus denen ihr die schönsten Blüthen hervorgehen sahet. Gewiß haltet ihr diesen Anblick für einen der schönsten in der Natur, aber in kurzer Zeit fielen diese Blüthen wieder ab, und wurden von den Winden auf Wiesen und Felder zerstreut. Waren sie etwa umsonst da, oder sind sie gänzlich vernichtet? Keines von beiden, lieben Kinder! Sie haben ihre Bestimmung erfüllt, daß sie der jungen Frucht zur Hülle und Umkleidung dienen mußten, bis sie stark genug war, ohne ihren Schutz zu bestehen; sie sind aber auch nicht untergegangen, sondern die nützlichen und nährenden Säfte dieser Blüthen treten nun wieder in Kräuter, Blumen und Pflanzen, welche Menschen und Thieren, zum Vergnügen und zur Nahrung dienen, und durch diese Nahrung werden sie vielleicht zuletzt Theile einer Hand, die dem dürftigen Mitbruder Wohlthaten ertheilt, und den Unglücklichen aus der Gefahr des Todes errettet. — Wenn ihr auf diese Weise, l. K., über das frühe Abfallen der Blüthen nachdenkt, so könnt ihr darüber unmöglich traurig werden; sie dauerten zwar nur kurze Zeit, aber auch in diesen wenigen Tagen wirkten die in ihnen verborgnen Kräfte schon zum Besten der jungen Früchte; mit dem Abfallen der Blüthen hören aber ihre Kräfte noch nicht auf, dies, so gehen wieder in andre Körper über, dauren und wirken unaufhörlich fort, nur daß es immer in andern Gestalten, in andern Verbindungen geschieht.

Nichts

Nichts ist also in Gottes Welt umsonst da, Nichts geht ganz verloren! kein Wassertropfen, keine Lichtflamme, keine Baumblüthe! und — Menschen sollten sollten umsonst da gewesen seyn, wenn sie ein früher Tod uns raubt? Menschen sollten vernichtet werden, wenn ihre Lebenskraft nicht mehr in der irrdischen Hülle wohnt? Unmöglich kann dies geschehen, l. K.! Denn wenn Gott die kleinsten Kräfte in der Welt ihre Bestimmung erreichen und fortdauern läßt, so ist es nicht zu bezweifeln, daß Er, der große Vater der Natur, noch sichrer die weit edlere Kraft, die unsern Leib belebt, zu ihrer Bestimmung führen, und ihr auch nach diesem irdischen Leben ihre Wirksamkeit und Thätigkeit erhalten werde. — Dieser Glaube, l. K. an Gottes Weisheit und Vaterliebe, der so erfreulich und beruhigend ist, tröste euch denn auch über den Verlust eurer entschlafenen Freundin, Friederike Kirchhofin, die ebenfalls, wie die zarte Blüthe des Baums, in dem Frühlinge ihres Lebens euch so bald, ach! so bald entrissen ward. Auch sie hat nicht umsonst auf Gottes Erde gelebt, auch sie ist nicht zerstört, nicht verloren! Ihr Alle müßt eurer vollendeten Mitschwester das rühmliche Zeugniß geben, daß sie mit ganz vorzüglichem Fleiße in dieser Schule die Kräfte ihres Geistes zu vervollkommnen suchte, und immer mit euch wetteiferte, ihren Verstand zu bilden, und nützliche Kenntnisse einzusammeln; was aber ihrem Eifer den größten Werth gab, war dieses,

ses, daß sie ihre vermehrten Einsichten nun auch zur Verbesserung ihrer Gesinnungen anwendete, und besonders die Religionskenntnisse nicht zu einer Sache des Gedächtnisses, sondern des Herzens machte, welches sie durch ihr sittsames und ordentliches Leben, und vorzüglich dadurch an den Tag legte, daß sie sich bey ihren großen und so anhaltenden körperlichen Leiden, als eine so fromme, und Gott ergebene Dulderin bewieß. — Sie gebrauchte also die Kräfte, die ihr Gott verlieh, mit der größten Gewissenhaftigkeit, und brachte es schon frühzeitig zu einem solchen Maaße der Vollkommenheit, das Andre oft in spätern Jahren erst erreichen. Es ist daher wol zu beklagen, daß diese hoffnungsvolle Schülerin so zeitig aufhörte zu wirken und zu seyn? Nein, l. K.! Es gieng ihr nur, wie der noch halb verschlossenen Rosenknospe, die vor ihrem Aufblühen gebrochen wird, deren Kräfte aber nicht ihre Wirksamkeit verlieren, sondern immer fortdauern, so lange es Gott will; nur wieder an andern Orten, in andern Gestalten und Verbindungen. Eben so dauert auch der unsterbliche Geist eurer entschlafenen Freundin immer fort, und ist nicht verloren, er ist in Gottes Reiche, das sich weit über die Grenzen unsers Erdbodens erstreckt, und wovon der weise Stifter unsrer Religion sagt: in meines Vaters Hause sind viel Wohnungen. Der Geist eurer Freundin ist also überall in Gottes heiligem Schutze und Aufsicht, er lebt und wirkt, wo er auch seyn mag,

mag, wirkt befreiet von den Beschwerden seines stechen Körpers, desto leichter und freier, und wirkt vollkommnere Werke, jemehr er sich schon hier zu dem Genusse eines bessern Lebens vorbereitete. — Und mit diesem Gedanken beschäfftigte sich auch eure entschlafene junge Freundin, als sie vor neun Wochen das letztemal in dieser Schule war, wo sie die merkwürdigen Worte in eines ihrer Bücher ganz auf eigne Veranlassung verzeichnete:

„Unser Leib wird auch gesät, unsre besste Seele geht, unbesiegt von Tod und Grab, hin zu Gott, der sie uns gab;

Bleibt in seiner Vaterhand, lernt, was sie hier" — — —*)

Bei diesen Worten legte sie die Feder nieder, und beschloß auf eine so merkwürdige Weise ihren rühmlichen Fleiß in dieser Schule. Eure Freundin war also von einem bessern Leben vollkommen überzeugt, von welcher Ueberzeugung sie oft, und besonders noch vor einem Jahre, als wir uns hier einige Tage über von der tröstlichen Lehre der Unsterblichkeit unterhielten, vor euch und den erwachsenen Mitchristen, die ausgezeichnetsten und rührendsten Beweise ablegte. Freut euch daher, l. K., eure Mitschülerin ist nicht umsonst da gewesen, sie ist auch nicht verloren! — Aber für euch ist sie nun doch verloren; denn ihr könnt nicht mehr ihren beispielsvollen Umgang genießen, und dies muß euch

alles

---

*) Freischulen-Gesangbuch. N. 262. v. 3. 4.

allerdings, besonders in den ersten Tagen ihrer Vollendung, schmerzhaft seyn. Aber, sollte sie denn gar nicht mehr unter euch leben und wirken können? sollte sie für euch so gut als gar nicht mehr seyn? Fragt euch nur: was war es denn, wodurch sie euch am meisten nützte? war es nicht ihr schönes Beispiel des Gehorsams, des Fleißes, der Nächstenliebe und Frömmigkeit, das sie euch täglich zur Nachahmung vorstellte, und das Viele unter euch zu einem gleichen Eifer in diesen Tugenden anfeuerte? Sollte dieses schöne Beispiel nicht immer noch unter euch fortdauern, und euch gleichsam in einen geistigen Umgang mit der Entschlafenen versetzen und darinne erhalten können? sollte der Tod dieses Beispiel vertilgen oder verdunkeln können? Nein, es ist eben hierdurch nur noch verschönert worden, indem sie euch durch ihr sanftes Entschlummern gleichsam mit lauten Worten belehrt, daß Unschuld und ein reines Herz die Schutzengel bey allen Veränderungen des Lebens sind, die uns in keiner Gefahr verlassen, und uns einen frohen und sanften Uebergang in jene bessere Welt gewähren. — Ja, der Kranz *) der Unschuld

*) Bey diesen Worten nahm der Redner einen Myrthenkranz, hielt ihn den Kindern bis zu Ende der Rede vor, und übergab ihn darauf dem Katecheten, welcher ihn über ein Gemälde hieng, auf dem die Symbole der Jugend, der Unschuld, des Schutzengels des Lebens, des Todes, der Trauer und der Unsterblichkeit vorgestellt waren.

Schuld und Tugend, der über ihrem stillen Grabhügel schwebt, enthält Blumen, die nie verblühen, und unvergänglicher als das dauerhafteste Denkmal sind; dieser Kranz, den sie sich durch mühsame Anstrengung, und unter manchen Leiden errungen hat, ist das schönste Lob, welches sie hier zurücklassen kann; er müsse auch euch beständig vor Augen schweben, und euch zu gleichen Tugenden reizen, so werdet ihr, m. K., eben so, wie sie, glückselig im Leben und im Tode seyn.*)

M. Rost.

VIII.
Rezensionen.

1. **Christliche Religionsgesänge für die Freischule in Leipzig.** 1794. im Verlag bei Joh. Ambrosius Barth. 392 S. in gr. 8. (15 ggl.)

Mit wahrer Freude zeige ich diese Liedersammlung (an der unter andern auch die würdigen Män-

---

*) Wer, der fürs Wohl der lieben Jugend warm fühlt, stimmt nicht, wenn er alles dies mit Bedacht las, in die Empfindung des Herausgebers mit ein: Glückliche, und abermals glückliche Kinder, die solche Schule, solche Bildung, solche Lehrer haben; und wer nimmt

Männer Herr Mag. Dolz und Herr Mag. Rost, welche die Leser des Schulfr. bereits kennen, einen sehr thätigen Antheil haben), unter der Versicherung an, daß sie gewiß unter die besten und zweckmäßigsten gehört, die irgend in der besondern Absicht für Schulen gemacht worden; daher man denn der Leipziger Freischule nicht nur zu einem so trefflichen Hülfsmittel wahrhaft religiöser Andacht von Herzen Glück, sondern auch wünschen muß, daß recht viel andre Volksschulen von demselben Gebrauch machen mögen. Schon die Setten- so wie die Liederzahl, welche sich auf 387 beläuft, läßt vermuthen, daß hier für die religiösen Bedürfnisse der Jugend durch Mannigfaltigkeit und Vollständigkeit hinlänglich gesorgt sey. Aber dieß nicht geringe Verdienst wird nun auch noch durch die allenthalben so sichtbar, weise und höchst bedachtsame Auswahl der schicklichsten Lieder, durch die fast überall sehr glücklichen Veränderungen schon vorhandner Lieder, besonders aber durch die mehreren neu hinzugekommenen vortrefflichen Gesänge, die, was sowol Sachen als Sprache anbetrifft, der Fassung und den Bedürfnissen der erwachsenen und schon
etwas

nimmt sichs da nicht vor: alles, alles zu thun, — sey's viel — sey es noch so wenig! — aber was er kann, dazu zu thun, daß es bei ihm an seinem Orte, und überall, wo er hinwirken kann, auch so werde!

A. d. H.

etwas gebildeten, Erbauungsfähigen Jugend angemessen sind, noch ausnehmend erhöht. Man muß gestehen, daß die Herausgeber die Foderungen erfüllt haben, welche sie selbst an solche Liedersammler, und somit auch an sich, in der Vorrede gethan haben, indem, was den Inhalt betrifft, diese Religionsgesänge lauter Wahrheiten und religiöse Empfindungen ausdrücken, welche nach den verschiedenen Verhältnissen des Jugendalters gegen Gott und Menschen, für dasselbe passend und so vorgetragen sind, daß eine gemeinschaftliche Theilnahme aller, für welche sie zunächst bestimmt sind, daran statt finden kann; was aber den Ausdruck anlangt, derselbe durchgängig der moralischen Vernunft angemessen, folglich alles Unmoralische und Unwürdige sorgfältig vermieden, derselbe auch überall so beschaffen ist, daß jedes Kind, das nur einen mäßigen Grad der Ausbildung hat, diese Lieder verstehen, und also auch mit Verstand und Empfindung, also mit Theilnahme mitsingen kann. Was hat man von Menschen nicht einst zu hoffen, die schon in früher Jugend durch solche Gesänge mit ächtreligiösen Vorstellungen und Empfindungen vertraut wurden, die gewöhnlich durchs ganze Leben dauernd bleiben; aber was auch leider von solchen, die schon von zartester Kindheit an gewöhnt wurden, durch gänzlich unverständliche Gesänge alle Denkkraft zu lähmen, und deren Religionsgefühle durch allerhand jämmerlichen mystischen Spielkram, wo nicht auf immer

ver-

verderbt, doch wenigstens eine ganz schiefe Richtung erhielten? Mögten doch alle Menschen-Kinder und Schulfreunde endlich einmal den unersetzlichen Schaden erwägen, der der Vernunft, der Religion und der Tugend selbst durch den Gesang unverdaulicher und von unwürdigen Vorstellungen vollgepfropfter Lieder gestiftet wird! Wollten denn unsre alten Starrköpfe auch ihr schlechteres Alte behalten: so sollte man sich doch wenigstens des aufkommenden Menschengeschlechts erbarmen, und der Jugend bessere Lieder in die Hände, Köpfe und Herzen bringen. Ueberhaupt scheint es wirklich viel zu wenig noch hier und da erwogen zu werden, wie viel Gesangbücher auf die gesammte religiöse Bildung des Menschen wirken, und wie selbst alle öffentliche Belehrung in Kirchen und Schulen nur — Halbwerk ist, wofern nicht unsre Gesangbücher jenen bessern, verständlichern, und vernünftigern Belehrungen, gleichförmig gemacht werden. Ja, es ist dem, der die Zeichen der Zeit nur etwas richtig zu beurtheilen versteht, — nichts wahrscheinlicher, als daß die Religion an den Orten immer mehr in Verfall gerathen wird, wo nicht bald für bessere Gesangbücher gesorgt werden wird; denn wie kann der Mann von einigem Geschmack und Verstandesbildung eine gemeinschaftliche Verehrung des höchsten Wesens nur erträglich finden, wobey Vernunft, und fast jedes Gefühl des Schicklichen so oft empört wird?

wird? Warum soll das Ehrwürdigste, was wir besitzen, die Religion, denn allein von der allgemein verbreiteten Aufklärung, auch selbst was das Aeußere betrifft, keinen Vortheil ziehen? Warum soll sie ihre ehrwürdigsten Wahrheiten allein in einem Gewand mittheilen, das seines Alters und Schnittes wegen sich so wenig empfiehlt? Sollte der Schaden nicht auf sie selbst zurückfallen und ihre Liebenswürdigkeit verhindert werden, wenn man den gebildeten Menschen noch fortwährend nöthigt, in einer Sprache voll Soloͤzismen, ja sogar Sprachschnitzern, seine Empfindungen dem höchsten Wesen auszudrücken, und Vorstellungen, wo nicht mitzusingen und mitzubeten, doch anzuhören, die beides nicht selten, von der größten Rohheit und Schwäche des Verstandes oft zeugen! — Es kann wol nicht fehlen, daß Kinder, die von Jugend auf so würdige und richtige Vorstellungen von der Gottheit und ihrer eigenen Bestimmung und Pflicht, durch solche Gesänge, wie die vorliegenden sind, erhalten (wenn man über dem bedenkt, wie doppelt tief dergleichen durch Gesang sich in die junge Seele eindrücken!), auch künftig einmal würdige Verehrer Gottes im Geist und in der Wahrheit und beßre Menschen werden müssen, als dieß in der Regel bei schlechten Gesängen erwartet werden kann; womit keineswegs den wenigen, was sowol Vorstellungen als Ausdruck anbetrifft, bessern ältern Liedern, die man

in

in Gottes Namen hin und wieder verändert oder
auch unverändert beibehalten mag, etwas von ihrer
von allen Verständigen anerkannten **Würde** benommen werden soll! — Der reifsten Beherzigung
aber wird dieser Umstand wahrlich von Jahr zu Jahr
mehr werth! — Was nach dieser wohlgemeinten
Abschweifung nun noch ferner den Inhalt dieser
trefflichen Kinderliedersammlung anbetrifft, so findet man darin Gesänge, sowol die allgemeine als
auch die besondere Verehrung Gottes nach seinen
verschiedenen Verhältnissen zu uns, als **höchstes
Wesen, Schöpfer und Erhalter der
Welt**; wobei Lieder über die Eigenschaften und
Werke Gottes, besonders den Menschen, die
Schönheit der Erde, die Gestirne, die Jahreszeiten
und ihre eigenen Freuden, Naturerscheinungen u.
s. w. dann von Gott, als **Gesetzgeber der Menschen**, wo über die Gesetzgebung Gottes durch die
Vernunft und das Gewissen; dann durch Jesum,
herrliche Gesänge vorkommen. Dann folgen Lieder über die christliche Denk- und Handlungsart
überhaupt, und die verschiednen Pflichten gegen
uns selbst insbesondere; wo die Rubriken: Erkenntniß unsrer Würde; Anwendung der Jugendzeit;
Bewahrung der Unschuld und Sittlichkeit, vortreffliche Lieder enthalten; dann die Pflichten gegen andre Menschen, allgemeine und besondre, gegen Wohlthäter, Aeltern, Lehrer, Landesherrn, Vorsteher der Schulen, Obrigkeiten, Herrschaften, Mit

schüler, (alle ausgezeichnet schön)! endlich **Pflichten gegen Gott**, und Lieder über die Hülfsmittel
der Tugend, worunter auch über den Werth der
Bibel, Andenken an die Taufe, — Konfirmati-
onslieder. Hierauf an Gott, **den Regierer
der Welt**, seine Vorsehung, besondre Wohlthaten
der Vorsehung; welcher Abschnitt sehr reichhaltig
ist, und worunter sich Lieder über sonst seltne Gegenstände finden, als: über die Wohlthat gesun-
der Sinne — väterliche Leitung Gottes in der Jugend — Verstand und Empfindungsvermögen —
Erziehung und Unterricht u. s. w. Endlich von
Gott, **dem Richter der Welt**, wo die Lehre von
der Gerechtigkeit Gottes, den Folgen der Tugend
und des Lasters, Erinnerung an den Tod, Hoffnung
der Unsterblichkeit u. s. w. Nicht minder fruchtbar
ist der zweite Theil, welcher Gesänge **in besondern Zeiten und Verhältnissen der Menschen** lie-
fert; alles, versteht sich, mit Hinsicht auf das Jugendalter; Morgen- und Abendlieder; Schluß der
Woche; Jahrsschluß; Jahrsanfang; am Geburts-
tage; am Reformationsfeste. Schulgesänge; vor
dem Unterricht, nach dem Unterricht; an feierlichen
Schultagen; am Stiftungstage der Schule; an
Tagen allgemeiner Schulprüfungen; bey Aufnah-
me mehrerer Mitschüler und Mitschülerinnen; Entlassung mehrerer Mitschüler und Mitschülerinnen
(meistens Wechselgesänge); Einführung eines neu-
en Lehrers, Todesfeier eines edlen Mannes; beim

To-

Tode eines Lehrers; beim Tode eines Mitschülers oder einer Mitschülerin; von dem vernünftigen Verhalten gegen die Thiere, wie schon die Anzahl von Nro. 294 bis 387 zeigt; über jede Vorfallenheit mehrere Lieder, welche insgesamt mir ganz besonders gefallen haben; vornehmlich sind die zahlreichen Liederchen zum Anfang und Schluß der Schule, wirklich musterhaft, meistens aus 1, 2, höchstens 3 kurzen Verschen bestehend, völlig dem Jugendalter angemessen, voll kindlicher wirklich edler Simplizität, so daß schon diese einzige reichhaltige Rubrik es allein verlohnt, sich das Buch anzuschaffen. Nur sehr selten wird man auf einen Ausdruk stoßen, welcher vielleicht zu ästhetisch und für das jugendliche Alter zu schön oder erhaben wäre. Den Schluß macht eine ziemlich beträchtliche Anzahl von kurzen Schulgebeten auf verschiedene Fälle, die ebenfalls von nicht geringem Werth sind, von deren einigen vielleicht bey aller musterhaften Simplizität und Herzlichkeit die letzte Bemerkung hier und da gelten mögte, daß die kindliche Sprache doch etwas verfehlt, und mehrere Ausdrücke zu schön sind; ob ich sie gleich den bisher im Schulfreund angezeigten verschiednen Schulgebeten nicht nur zur Seite stellen, sondern auch gestehen darf, daß mehrere derselben als wirklich vortrefflich sich auszeichnen. Auch darf nicht unbemerkt bleiben, daß der Herr Verleger durch ein vorzüglich gefälliges Aeußre, gutes Papier, und einen recht ausgezeichnet deutlichen

lichen und schönen Druck, wie ich ihn wenigstens bei keinem der neueren Gesangbücher fand, für die Empfehlung desselben gesorgt hat.

---

2. **Auszug aus denjenigen Churfürstlich Sächsischen Landesgesetzen**, welche den Unterthanen insbesondere zu wissen nöthig sind, zum Gebrauch für Stadt- und Dorfschulen. Ein Versuch von M. Joh. Christian Förster, Domprediger und Schulinspektor zu Naumburg. Leipzig, in der Sommerschen Buchhandlung. 1794. 8. 288 S. (10 ggl.)

Wer es bedenkt, wie nöthig es sey, daß ja der Bürger des Staats schon frühzeitig mit der Verfassung und den Gesetzen seines Landes bekannt werde, damit er nicht nur aus eigner Ueberzeugung von dem vielen Guten, das ihm die ordentliche Verfassung seines Vaterlandes gewährt, dasselbe frühzeitig lieben, und so auch den Trieb in sich wecken lerne, so viel er kann, zum Besten des von ihm geliebten Vaterlandes beizutragen; sondern sich auch früh in die bürgerliche Verfassung desselben schicken und fügen möge; wer weiter erwägt, wie wenig der junge aufwachsende Bürger und Bauer sich aus den ergangenen und ergehenden Edikten und Verordnungen vernehmen

men oder finden kann, wofern er nicht dazu eine Anleitung erhält, und wie oft er aus bloßer Unbekanntschaft oder Unkunde mit den ihm nicht bekannten oder nicht von ihm verstandenen Gesetzen, in Gefahr geräth, dawider zu handeln, und sich Ungelegenheit oder wol gar Strafe zuziehet: der wird es gewiß überaus heilsam finden, wenn demselben auch über diesen, zu seiner bürgerlichen Wohlfahrt so unumgänglich nöthigen Gegenstand, frühzeitig eine wohlthätige Aufklärung zu Theil wird. Denn zu fürchten, daß eine solche Art von Aufklärung dem Bauer oder gemeinen Bürger unnütz, oder daß es gar schädlich sey, wenn er auch hierin klug (zu klug, sagt man — das kann vollends nie der Fall seyn!) werde; zeigt wahrlich so sehr von Schwäche und Mangel der Beobachtung und Volkskenntniß, daß man bey einigem Nachdenken und Beobachten vielmehr das gerade Gegentheil, nämlich finden muß: daß nur diejenigen, die über ihre bürgerlichen Verhältnisse und Bürgerpflichten wirklich aufgeklärt sind, eigentlich recht treue, ruhige, folgsame Unterthanen und nützliche Bürger seyn können und werden. Diese Betrachtungen und Ueberzeugungen waren es denn auch, welche mehrere väterlich gesinnte Fürsten und Obrigkeiten zu der wahrhaft landesväterlichen Veranstaltung bewogen, in den Volks- und Bürgerschulen ihres Landes die Jugend schon frühzeitig mit den Gesetzen desselben bekannt zu machen. Außer den mehrern im Schulfr. hierauf Beziehung habenden, von Zeit zu Zeit aus verschiedenen Gegenden mitgetheilten Schulverordnungen, will ich mich nur der Kürze halber hier auf das eine Beispiel der Herzogl. Gothaischen Länder berufen, wo diese Einrichtung in den Schulen ist. Diese Betrachtungen aber waren es auch, welche den

wür-

würdigen Herrn Domprediger **Förster**, der sich schon durch so viele musterhafte Erbauungs- und Schulschriften für Erwachsene und die Jugend, a l l gemein verdient gemacht hat, da er besonders seinen geliebten Landsleuten seine Zeit und Kräfte widmet, bewogen, jenen Verdiensten nun auch das Besondere noch hinzuzufügen, daß er der Volksjugend mit dem oben genannten nützlichen und wohl gerathenem Buche, ein überaus dankenswerthes Geschenk nicht nur, sondern sich damit zugleich auch durch den durch dasselbe mittelbar gestifteten Nutzen, um sein Vaterland selbst recht sehr verdient machte. Was der Herr Verf. über dies sein Unternehmen, die Nützlichkeit desselben sowol, als die Grundsätze sagt, die ihn dabey leiteten, ist so wahr und so schön, daß ich es allen gar sehr zum Selbstlesen empfehlen muß. Das Buch selbst ist mit vieler Besonnenheit und weiser Umsicht zur Bewirkung mehrerer Endzwecke zugleich in einer durchgängig verständlichen Sprache ausgearbeitet, daß man sich in der That um so mehr über diese wohlgelungene Arbeit freuen muß, als es gewiß etwas gewagt war, daß sich der Hr. Verf. in dies ihm fremde Gebiet hinein wagte, und dies um so mehr, je weniger er Vorgänger fand, welche ihm hier schon brauchbar vorgearbeitet hatten. Die Einrichtung des Büchelgens ist die: daß Hr. F. die Churfürstl. Landesgesetze, die er meistens aus dem Codice Augustea sammelte, unter gewisse Rubriken, die im vorgesetzten Inhalte umständlich angegeben sind, systematisch ordnete; dann diese Gesetze und Verordnungen in einem kernhaften, kurzen und fruchtbaren Auszuge, bald umständlich mittheilte, bald nur excerpirt, und den Sinn in wenig Worte zusammengedrängt darstellt; die dem Volke darin unverständlichen Worte erläutert, und das Wohlthätige der Verordnungen selbst zeigt. Was aber über

alles

alles Lob verdient, ist die Art, womit Hr. F. allenthalben gute Lehren einstreut, und christliche religiöse Wahrheiten und Bibelaussprüche mit einwebt, und damit den Landesverordnungen nach mehr Gewicht, ich möchte sagen (Sanktion) Heiligkeit, gleichsam mittheilt. Besonders aber hat er Schullehrern nicht nur, sondern Kindern in Absicht des Behaltens, einen vortrefflichen Dienst damit gethan, daß er unter den Text jeder Seite den Inhalt derselben in Fragen verwandelt und untergesetzt hat, welche sehr gut und treffend abgefaßt sind. Jedem Abschnitte geht eine umständliche, in sehr herzlichem und väterlichem Ton abgefaßte Anrede an die Kinder vorher, oder begleitet ihn, worin das Abzuhandelnde denselben wichtig, und für ihre und die gemeinsame Wohlfahrt als äußerst wohlthätig vorgestellt wird. Hr. F. glaubt sich des Umstandes wegen: daß er seine Anreden immer an Kinder richtet, in der Vorrede entschuldigen zu müssen, und gesteht, daß ihm dies jetzt selbst nicht recht gefallen wolle. Und — wie man's nimmt — hat er dem feinen Gefühl des Schicklichen nach, das ihm eigen ist, recht. So vortrefflich in jeder Hinsicht das Büchelgen ist: so möchte einem allerdings wol noch der Gedanke einfallen, daß die Schulkinder doch eigentlich noch keine Bürger sind, noch nicht zur bürgerlichen Gesellschaft gehören, sondern erst künftig in dieselbe eintreten sollen, daher Manches z. B. die Verordnungen über die Ehe, Schenkungen, Erbschaften, Testament, Verträge, Kaufkontrakte, ihnen für ihr Alter weniger nutzbar, und also auch nicht interessant seyn dürften; also ein solches Buch wol mehr die Form eines **Volksbuchs für Erwachsene**, als eines **Schulbuchs** haben müßte; für die Kinder aber vielleicht vor der Hand ein noch kleinerer Auszug von Landesverordnungen, als eigentlicher **bürgerlicher Jugendre-**

techismus, oder Katechismus der Landesgeseße, so viel davon für die Schuljugend gehört, die schon für ihr Alter nützlich wären, hinlänglich sey; wohin z. B. die Verordnungen wegen Rettung der Verunglückten und für todt gehaltenen; was man thun müsse, wenn man einen Erhenkten, Erstickten findet; Verhalten bei ansteckenden Krankheiten; Warnung vor schädlichen Erdgewächsen, Giftpflanzen; vom Diebstal, Raub; Vermeidung von Feuersgefahr; Mordbrennerei; Pflichten der Kinder gegen Aeltern und Vormünder; Geseße für Dienstboten — als nächste Vorbereitung zum Eintritt ins bürgerliche Leben; wider Baumverderbungen, Beschädigung öffentlicher Gebäude, Anstalten, Verzierungen, Kunstwerke u. s. w. u. s. w. So gewiß der verdiente Hr. Domprediger aber seinen sächsischen Landsleuten durch dieses Buch ein höchst dankenswerthes Geschenk gemacht hat, so sehr wird jeder wünschen, daß doch auch im Preußischen ein Mann von ähnlichem Geist und Kenntniß des Volks und der Jugend, wie Hr. F. uns aus dem Königl. Preuß. Landrechte ein ähnliches Volks- und Schulbuch bereiten, und dazu dies Förstersche, in Absicht der Methode, zum Muster nehmen möchte; wofern es erlaubt werden würde, dergleichen in Volksschulen zu lehren.

So eben ist noch bey Voß und Compagnie in Leipzig, zur Ostermesse 1795. fertig geworden:

3. **Katechetische Unterredungen** über religiöse Gegenstände in der Freischule zu Leipzig, in den sonntäglichen Versammlungen gehalten von M. Johann Christian Dolz.

Ich zeige dieses nur deswegen an, um diejenigen, welche die vorhin mitgetheilten sokratischen Gespräche

che des Herrn Dolz, wie ich hoffe, sehr zweckmäßig und musterhaft gefunden haben, auf die Erscheinung dieser Sammlung aufmerksam zu machen, die sich gewiß bald in den Händen vieler Schullehrer befinden wird, denen es darum zu thun ist, es in der Katechisirkunst, worin es uns immer noch sehr an Mustern fehlt, zu mehrerer Vollkommenheit zu bringen; und nenne hier nur noch die wohlgewählten Säze, worüber die 14 hier mitgetheilten Unterredungen gehalten wurden, da der Raum eine umständliche Anzeige jetzt nicht verstattet. 1) Was ist christliche Religionslehre? und was verdient überhaupt den Namen christlich? 2) Ueber einige Arten des religiösen Aberglaubens. 3) Ueber den Verfall der Sittlichkeit und Religion unter den Juden, vor und zu Jesu Zeiten. 4) Jesus, als Freund und Wohlthäter der Kinder. 5) Ueber den Glauben an Unsterblichkeit. 6) Auch die Freude selbst ist Tugend; aber heilig muß sie seyn. 7) Von der Wohlanständigkeit. 8) Gott ist Erhalter der Welt. 9) Die Aerndtefeyer, als ein Dank- und Freudenfest für junge Menschen. 10) Mit welchen Empfindungen betrachtet der denkende und gefühlvolle Mensch den gestirnten Himmel? 11) Auch im Winter ist Gottes weise Vatergüte sichtbar. 12) Eine kurze Betrachtung am Neujahrstage. 13) Der erste Tag im Jahre ist in vieler Rücksicht dem Morgen jedes Tages ähnlich. 14) Ein Blick in die Vergangenheit und Zukunft; bei der feierlichen Entlassung der konfirmirten Schüler.

Immer werden gewiß diese Unterredungen Belege der in der Leipziger Freischule herrschenden vortrefflichen und zweckmäßigen Lehrart, wie sie oben dargestellt worden, abgeben können.

Anzeige.

Der Buchhändler Keyser zu Erfurt hat die Fortsetzung des 1793. von dem verstorbenen Herrn Adjunctus Nitsch herausgegebenen Handbuchs zur Erklärung der Schriften des Alten Testaments ꝛc. einem als Schriftsteller und Exegeten bekannten Gelehrten übertragen, der den zweiten Theil schon bearbeitet, welcher zu nächster Michaelismesse vollendet seyn, und das Buch Josua, Richter, Ruth, und die beiden Bücher Samuels enthalten wird. Er wird den von dem sel. Nitsch angelegten Plan, dahin erweitern, daß er alles, was auf den Ausdruck der deutschen Uebersetzung, die allerschwersten und seltensten Worte im Texte, Geographie, Geschichte, Alterthümer, Sitten, Religion, Beziehung hat, erläutern, die allerschätzbarsten unter den alten Kommentatoren, und den neuern Interpreten: Clericus, Grotius, Schulz, Hezel, Eichhorn, Michaelis, Dathe, Döderlein, Herder, Koppe u. a. m. vergleichen, die sichersten und gründlichsten Erklärungen, und die den allgemeinsten Beifall gefunden haben, ausheben, und alles das mit der allerstrengsten Auswahl und möglichsten Präcision darstellen wird. Sonach wird dieses Handbuch eins der brauchbarsten Werke für Prediger, Schullehrer, und für gebildete Leser, für die es zunächst bestimmt ist, und diese vorläufige Nachricht mögte wohl die Besitzer des ersten Theils beruhigen, und die das Werk sich noch anschaffen mögten, ermuntern, da nun die Besorgnisse wegfallen, daß dies Werk durch Nitsch's Tod ins Stocken gerathen sey.